제 코가
석 자입니다만

제 코가 석 자입니다만

초판 1쇄 발행 2021년 3월 11일

지은이·지안
발행인·안유석
편집장·박경화
책임편집·채지혜
디자인·오성민 김남미
일러스트·두루미

펴낸곳·처음북스   출판등록·2011년 1월 12일 제2011-000009호
주소·서울특별시 강남구 강남대로 364 미왕빌딩 14층
전화·070-7018-8812 팩스·02-6280-3032
이메일·cheombooks@cheom.net
홈페이지·www.cheombooks.net
페이스북·www.facebook.com/cheombooks
ISBN·979-11-7022-220-0 03810

제 코가 __석 자입니다만

지안 지음

처음북스

　20년 넘게 한 직장에 근무하는 사람들은 대략 두 부류로 나뉜다. 직원 숫자에 비하면 턱없이 부족한 임원의 방을 얻기 위해 에너지를 뿜으며 분투하는 집단과 숨소리마저 낮추며 있는 듯 없는 듯 사무실 복도를 지나다니는 존재들이다.

　나는 당연히 후자에 속한다. 시간 맞춰 사무실에 나와 그날 해치워야 할 일을 재빠르게 끝내고 소리 없이 사라진다. 시선을 끄는 외모도 아니고, 누군가의 목덜미를 잡아채는 말주변도 없고, "오늘 출근했었어?" 할 정도로 존재감도 미약하다. 성격도 뾰족해 보이는 데다 과묵해서 말 한 번 붙이려면 서너 번은 고민해야 한다고 옆자리 직원이 말해주었다. 물론 내가 알 바는 아니다. 말 못 붙여서 답답한 쪽은 내가 아니니 말이다.

한번은 옆자리 직원이 오래 묵은 주방 벽지처럼 바랜 얼굴로 모니터를 노려보고 있었다. 일 미터쯤 떨어진 내가 느낄 수 있을 정도의, 냉장고 안에서 잊혀졌다 3년 만에 개봉한 그릇 속 음식 냄새를 풍기고 있다면 이유는 하나다. 매우 늦은 시간까지, 이길 수 없을 정도의 술을 마신 거다. 전날 퇴근 시간을 한참 넘겨 어깨를 축 늘어뜨리고 나가는 것을 봤는데 말이다.

"인생이 왜 이럴까요?"

설마하니 나에게 말을 붙인 것이라고는 짐작도 하지 못했다. 왜냐하면 나는 '말 한 번 붙이려면 서너 번 고민해야 하는' 사람이니까. 술이 덜 깨서 상대를 헷갈렸나 보다 하고 무시하고 있었더니, 아예 내 쪽으로 술기운 가득한 호흡을 날리며 다시 물어왔다. 그제야 나도 인생이 왜 이런지에 대해 생각하기 시작했다. 하지만 모르겠더라. 그래서 마지못해 물었다.

"어제 많이 마셨어요?"

내 질문이 무슨 마법의 주문이라도 되는 것처럼 갑자기 옆 직원의 입이 쉴 새 없이 움직이기 시작했다. 퇴근하는 복도에서 사람들을 만나 갑자기 술을 마시게 됐고, 1차까지는 회사 욕을 하면서 마신 것 같은데 2차 중간부터는 기억이 나지 않고, 그사이 계속 걸려온 여자 친구의 전화를 받지 못했고, 덕분에 좀 전까지 싫은 소리를 엄청 들었고, 카드값은 미친 것 같고, 피곤한데 쉴 시간은 없고, 집은 좁고 지저분해 이사 가고 싶은데 돈은 없고, 재미있는 일도 없고…. 나는 그가 무슨 래퍼라도 된 줄 알았다. 술기운 때문에 말이 뭉개져서 제대로 알아들을 수 없다는 부분이 가장 랩처럼 느껴졌다. 그러다 마지막, 랩의 훅을 날리듯 그가 말했다.

"선배가 부러워요. 아무 걱정 없잖아요."

나는 깜짝 놀랐다. 걱정이 없다니 누가? 내가? 물려받은 재산도, 재능도 없어서 월급을 받기 위해 늘 회사와 집을 똑딱거리고, 나이 먹어 몸 여기저기는 삐끗대기 시작했고, 벌기는 다이어터의 식단만큼 벌면서 쓰는 것은 먹방 유튜버 한 끼만큼 쓰는 이십 대의 딸을 키우느라 허리가 휘는 난데 말이다. 애초부터 미모는 없었으니 외모가 무너지는 것에 대한 회한은 없고, 누리고 살던 삶이 아니어서 매일 바쁜 것도 견딜 만하고, 귀가 확인을 위해 전화하는 남자 친구가 없는 것을 위안 삼고 사는 나다.

"싫은 일은 안 하고, 할 말 다 하고 살잖아요."

할 말을 다 한다는 것은 또 무슨 말인가. 나는 아예 회사에서는 입을 닫고 사는데 말이다. 왜 말을 안 하느냐? 존재감을 없애기 위해서다. 윗사람이 일 시킬 마음을 먹어도 내가 눈에 띄지 않아 포기하도록 말이다. 이런 대답을 해줄까 생각도 했지만, 진득한 랩을 뱉은 후 비로소 만족한 표정으로 모니터를 바라보는 옆자리 직원을 보자니 다 부질없다는 생각이 들었다.

우리는 보통 태백산맥 정도의 오해 덩어리를 끌어안고 산다. 남들은 나보다 더 잘 살고 있는 것만 같고 남의 떡이 늘 커 보이는 법이다. 언제나 다른 사람은 설국 열차의 앞 칸 지정석에 앉아 있고, 자신만 냄새나는 뒤 칸으로 보내졌다는 생각이 들기도 할 것이다. 나 역시 마찬가지다. 사실 요즘도 그런 생각이 문득문득 들 때가 있다.

하지만 내 주위에 인생이 고달프지 않은 사람은 없다. TV나 SNS 속에는 물려받은 재산이 많거나 걱정이라고는 근처도 못 가본 사람들이 가득하지만, 내가 아는 사람 중에는 없다. 비록 문송(문과라서 죄송합니다)이긴 하지만 나는 내 눈으로 확인하지 않은 것에 대해서는 그다지 확신을 갖지 않는 사람이다. 내가 확인한 바로는 어떤 의미로건 다들 힘들고, 갑갑하고, 답이 없는 인생을 살고 있다. 옆자리 직원의 오해처럼 나 역시 부러워할 만한 인생을 사는 것이 아니란 이야기다.

그래서 말로는 차마 하지 못하고 넋두리 삼아 브런치에 한 자 한 자 적던 글이 이렇게 한 권의 책이 되었다. 모아놓고 보니 '끝없는 실패기 아닌가'라는 생각이 들지만, 나의 실패가 누군가에게 교훈을 혹은 아주 작은 재미라도 줄 수 있다면 그것만으로도 큰 위안과 보람이 될 것이다. 그러니 사양하지 말고 쭉 읽어주시길.

부족한 나의 글을 읽고 선뜻 출간 제의를 주신 처음북스에 감사드린다. 나만 인생이 이렇게 안 풀리는가 싶던 참에 들려온 새벽빛 같은 소식이었다. 덕분에 기운을 차려 무엇이든 적어 나갈 힘을 얻었다. 살다 보면 기회는 예상하지 못한 곳에서 찾아온다는 생각이 든다. 이 책도 누군가에게 그런 의미가 되었으면 좋겠다.

지안

차 례

1장   아아, 제가 가장 걱정입니다

2장   먹고는 살아야겠기에 …

3장 사랑할 시간도 필요합니다

4장 틈틈이 노는 것은 안 비밀

5장 그럼에도 신나게 사는 중입니다

6장 행복할 시간은 지금입니다

1장

아아, 제가 가장 걱정입니다

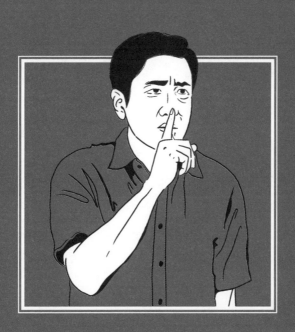

내가 제일 걱정이다

"나 진짜 불쌍하지 않냐?"

친구의 신세타령을 들어 주다가 '그래도 나보다는 네 처지가 훨씬 낫다' 같은 위로를 던져야 할 타이밍에서, 자신들은 부부 동반으로 나왔으면서 계산은 팀별로 하자고 할 때 슬며시 이런 말을 우물쭈물 중얼거린다.

열이면 열한 번, 치켜뜬 눈을 하고 그들이 묻는다.

"네가 뭐가 어때서?"

"아니, 혼자 벌어서 애도 키워야 하고, 홀어머니도 모시고 있단 말이지. 회사에선 매일 까이고 밤샘에 아주 뼈가 녹는다고. 같이 늙어 갈 남편이 있나, 때 되면 챙겨주는 남친이 있나?"

"지랄도 그 정도면 문학상이다. 돈이나 내놔. 술은 네가 다 마셨잖아."

사람들은 참 인정이 없다. 한 대 쥐어박기라도 할 기세로 손을 벌린 친구에게 조용히 카드를 건네준다. 나는 정말이지, 내가 제일 불쌍하다.

곧 50이 된다. 숫자가 그렇다는 말이다. 솔직히 말하자면 요즘은 누가 물을 때까지(병원을 간다거나 해서) 나이를 떠올리지 못한다. 물론 문송(문과라서 죄송합니다)인 까닭도 있다. 뺄셈조차 버겁다. 학교 때부터 그랬다.

결혼을 한 번 했고 이혼을 했다. 결혼과 이혼 사이 낳은 아이와는 민증이 나온 지금껏 사이좋게 지내고 있다.

혼자 지내는 어머니가 계시지만 내가 먹여 살리거나 하지는 않는다. 어머니는 은퇴하실 때까지 40년이 넘도록 일하셨다. 식당 주방 일부터 자신의 가게를 경영할 때까지 한 번의 실패 없이 해낸 분이다. 내가 넘보거나 주제넘게 참견할 영역이 아니다. 거칠게 표현하자면 어머니와 나는 각자의 자리에서 성실하게 늙어가는 중이다.

물론 진심으로 내가 불쌍해서 어쩔 줄 모르겠다는 말은 아니다. 다른 사람을 걱정할 시간이 있다면 차라리 그 시간에 내 걱정이나 하는 편이 좋지 않나 생각할 뿐이다.

　자고 일어나면 연예인들은 건물이 한 채씩 늘어나고, 모 야구 선수는 메이저에서 몸값이 올라간다. 친구 아들은 성공적인 유학 생활을 보내고 있고, 회사 부장님은 대리석이 깔린 멋진 집을 장만한다. 아이돌 가수는 웸블리에서 역사적인 공연을 하고, 영화 감독은 칸 영화제에서 트로피를 들어 올린다.

　나는 내가 걱정해주지 않으면 되는 일이라곤 없다. "SNS는 인생의 낭비다"라는 퍼거슨 감독의 말에 동의해서는 아니지만, 트위터도 인스타그램도 안 하는 탓에 남들의 근황에 무지하다. 누가 어디서 뭘 하고 돌아다니는지 알 수가 없다. 생각나거나 궁금할 때는 전화를 걸거나 만난다. 매우 아날로그적이다. "몰라? 그 사람 요즘 ○○ 하고 있잖아." 같은 이야기는 늘 제일 마지막에 전해 듣는다. 그러니까 남들은 내버려 둬도 다들 잘 산다. 문제는 언제나 나다.

　밥벌이를 해야 하는 것도 나고, 아직은 독립하지 못한 딸을 부양해야 하는 것도 나다. 25년 차 직장인으로서 퇴직과 정년 사이를 고민해야 하는 것도 나고, 끝이 언제가 될지 알 수 없는 인생에 무엇인가를 준비해야 하는 것도 나다.

"아흔까지 살면 어쩌나 하는 마음으로 저금을 하다 암 때문에 남은 인생이 일 년밖에 안 남았다는 사실을 안 날 '럭키'를 외치며 그동안 타고 싶었던 재규어를 샀다"라는 사노 요코의 글에 만 퍼센트 공감했다. 독거노인의 삶이란 국가와 연배를 초월해서 비슷하다. 입에 밥이 들어오는 그 모든 순간순간을 내가 책임지고 설계하고 만들어야 한다.

이러니 내버려 둬도 잘 살고 있는 남 걱정을 할 때가 아니지 않은가? 다시 한번 말하지만 나는 내가 제일 걱정이다.

'빠른' 년생이 어때서요

한두 살 위의 사람들과 잘 지내지 못한다. 그보다 더 많거나 어린 사람들과는 아무 문제가 없는 것으로 봐서는 특별한 내 상황과 깊은 연관이 있다.

발단은 초등학교(옛날 사람인 내 경우는 국민학교) 입학이었다. 당시 우리 집은 경제적으로 '형편'이라고 할 만한 것이 없었다. 월급쟁이였던 아버지의 월급이 끊긴 것이 족히 몇 년은 되었고, 물려받은 재산도 없어서 하루 벌어 하루 살아가는 생활을 하고 있었다(내 기억은 아니고 어머니의 회상이다). 오래전 소설에서나

보았던 삯바느질이나 뜨개질로 생계를 이었다고 하니 말 다한 셈이다. 지금도 어머니는 무늬 없는 스웨터 따위는 앉은자리에서 뚝딱 한 벌을 지어낸다. 늘 보는 풍경이지만 언제나 놀랍다.

부모님은 어렵사리 종잣돈을 모아서 종로 거리의 허름한 구석에 가게를 냈다. 어머니가 주방, 아버지가 서빙을 보며 추석과 설에도 문을 여는 연중무휴의 '아무거나' 집이었다. 식사 때는 김치찌개나 된장찌개 등을 팔고, 저녁에는 족발이나 부침개를 술과 함께 파는 식이었다. 오빠와 나를 데리고 그 일을 할 수 없었던 부모님은 우리를 할머니가 사는 시골로 내려보냈다. 지금 찾아가려고 해도 고속버스를 한 번 타고 시외버스를 두 번 갈아타야 하는 깡촌이다.

그때 내 나이는 여섯 살이었다. 1월생이어서 또래보다 매우 튼실했던 탓도 있고 함께 살게 된 큰어머니의 시름도 덜 겸 마침 새 학기가 시작하는 학교에 덜컥 입학을 하게 되었다. 취학 통지서 같은 것은 필요 없었다. 학교 관계자라고 해봤자 다 동네 사람이었고 심지어 숙부가 교감 선생님이었다. 아이가 영특하니 일찍 교육을 시켜보겠다는 마음가짐은 절대 아니었고, '애 보기 쉽지 않은데 일단 넣어보고 안 되면 말지'가 어른들의 속 편한 입장이었다. 즉 자신들의 순간적인 판단이 내 인생에 끼칠 영향 같은 것은 전혀 고려의 대상이 아니었다.

그곳에서 일 년을 보낸 뒤 부모님이 있는 서울로 돌아왔다. 때맞춰 취학 통지서가 나온 나를 두고 고민하던 어머니는 1학년 성적표와 취학 통지서를 들고 학교를 찾아가 기어이 나를 2학년으로 전학시켰다.

3월에 학기가 시작하는 탓에 유난히 나이에 예민한 사람들이 많다. 1~2월생들은 '빠른'으로 분류해서 부르고, 대학을 가거나 사회생활을 하면서 이래저래 족보가 꼬이기도 한다. 젊은 세대에는 괜찮아지려나 했는데 딸 친구들도 역시 '빠른'을 따지고 있는 걸 보면 그것도 아닌 모양이다. 따돌림을 당한다고 1~2월생을 3월 이후에 태어난 아이들과 함께 입학시키는 것도 실제로 꽤 많이 목격했다. 그만큼 나이에 스트레스를 받는 것이 우리나라다.

이런 분위기 속에서 따돌림받지 않고 생존하려면 목숨처럼 지켜야 하는 것이 우습게도 내 나이였다. 고등학교까지 친구들은 내 정확한 나이를 몰랐다. 그리고 그들 전부는 나보다 나이가 두 살 이상 많았다. 내 탓이 아니고 어쩌다 보니 그렇게 된 것이지만 그건 내 사정이다. 그들이 이해해주고 말고 할 일이 아니란 말이다.

고등학교를 졸업한 뒤 친구들에게 '커밍아웃'을 했다. 별것도 아니라고 여기는 사람도 있겠지만, 그중 서너 명에게는 절교 선언도 당했다. 그래서 자신들의 성 정체성을 '커밍아웃' 하는 사람들을 이해한다고 말하면 너무 억지겠지만 한 인간이 짊어지고 가야 하는, 어쩔 수 없이 형성된 특성을 밝히는 일이 충분히 어렵다는 것을 대충은 이해할 수 있다. 지금도 나이 타령을 듣고 있자면 한숨부터 나온다.

누군가를 만날 때 보통 가장 먼저 듣는 질문이 나이다. 여기서 한두 살 위의 사람들과 살짝 어색한 기류가 흐르게 되는 것이다. 늘 같이 놀던 친구들에게 사회생활을 시작했다고 언니 오빠 할 수는 없는 것 아닌가. 그들 입장에서야 언니 오빠 대접을 받고 싶겠으나 이 길고 긴 이야기를 풀어놓을 생각도 시간도 없다. 당연히 그들과는 격식과 필요로만 구성된 존댓말을 나누게 된다. 높임말은 상대에게 경의를 표한다는 뜻도 있지만, 필요 이상의 접근을 차단하겠다는 결연함도 갖고 있다. 이런 식으로 말을 나눠서야 도무지 친해질 수가 없다.

이 삐뚤어진 특성은 다른 식으로도 표현된다. 누군가를 만났을 때 나이를 묻지 않는 것이다. 상대가 먼저 밝히면 모를까 아예 궁금하지도 않다. 그러다 보니 한참 반말이 오가고 난 뒤 "어!" 하고 상대가 당황해하는 경우도 많다. 일상 대화가 영어식으로 흐른다고 할까. 물론 위로 차이가 나는 것처럼 보이면 꼬박꼬박 존대한다. 나도 밥 먹고 살아야지, 욕만 먹고 살 수는 없다. 상대가 불편해하지 않고 친구처럼 지낼 수 있다는 판단이 들면 먼저 편하게 하자고 말한다. 지금 얼핏 따져 보니 열대여섯 살 차이 나는 친구들과도 이런 식으로 지내고 있다. 호칭도 '야', '언니', '누나'가 분분하다.

누군가 타인을 비난하면서 "한참 나이도 어린 게 어쩌고 저쩌고" 따위의 말을 늘어놓기 시작하면 별로 없던 관계라도 끊어 버린다. 나이가 뭐 대수라고. 기분 나쁜 부분이 있다면 그 말만 하란 말이다. 나이는 가만히 있어도 먹어버리는 것 아닌가.

오래전 어머니에게 "도대체 이 험한 세상에 어떻게 적응하라고 나를 그 어린 나이에 입학 시켰어?"라고 물은 적이 있었다. 그러자 "그러니 네가 삼수를 했어도 회사에 들어갔지"라는 말도 아니고 밥도 아닌 대답을 들었다. 정말이지 사람들은 타인의 고통에 너무 무관심하다.

핸드폰에만 비밀이 숨어 있는 것이 아니다. 우리는 다들 뭔가 비밀 하나쯤은 품은 채 살아간다. 내 경우는 그게 나이였고 나만의 방법으로 극복했다.

오늘이 우리의 마지막이라면

나는 발육 상태가 좋은 편이었다. 중학교 입학 신체검사 때 키가 이미 170센티에 근접해 있었다. 다행인지 불행인지 모르겠지만 그 이후로 성장이 멈췄다. 오빠 역시 발육 상태는 좋았으나 그걸 알 때까지 꽤 많은 시간이 필요했다. 결론적으로는 나보다 머리통 하나는 훌쩍 큰 사람이 되었지만, 적어도 오빠가 중학교 1학년 때까지는 내가 늘 10센티 이상 키가 컸다.

어린 형제자매들의 관계는 얼핏 세렝게티와 비슷하다. 센 놈이 이긴다. 나이를 먹고 사회적 지위라는 것이 생기고 경제적 입장이 공고해질 때까지는 '힘'이 모든 것을 좌우한다. 그 힘은 당연히 크기에서 나온다. 몸집이 컸던 나는 나보다 25개월 일찍 태어난 오빠에게 고분고분하지 않았다. 나로 말할 것 같으면 지금이나 그때나 말로 상대방을 열 받게 하는 능력이 상위 1% 내에 가볍게 들어가는 수준이어서 내뱉는 말의 9할이 비웃고 비꼬고 비아냥거리고 뒤통수를 때리는 정도였다.

무던히 잘도 참아내던 오빠가 마침내 폭발한 것은 초등학교 6학년 때였는데, 그날 내 방 문짝이 날아갔다. 놀려 먹다 방으로 숨은 것을 밖에서 문짝을 뜯어내고 쫓아 들어온 것이다. 집에 할머니가 안 계셨더라면 구급차를 타야 했을지도 모른다. 게임 끝. 어린 시절 종료였다. 이후로 우리 집의 서열은 깔끔하게 정리되었다.

이 정도로 싸운다면 관계가 나빴을 것 같지만, 의외로 사이는 좋았다. 지금도 남매라는 사람을 만나면 그들의 사이는 어떤가 슬쩍 질문을 던져보는데, 오빠와 나와의 관계만큼 친밀한 사이를 별로 본 적이 없다. 내게 오빠는 형제이자 보호자이자 친구였다. 부모님이 장사를 하느라 우리를 잠시 떼어놓았던 것이 아마도 크게 작용했던 것 같다. 나는 여섯 살 때 한 번, 오빠는 다섯 살, 여덟 살 때 두 번 부모님과 떨어져 살았다. 어른들은 '맡겨 놓

앴다'고 표현할지 모르겠지만 자식 입장에서는 '버려졌다'고 인식한다(요즘 자주 보이는 조기 유학의 경우는 어떻게 느낄지 모르겠다). 물론 자라서 당시의 상황을 알고 그럴 수밖에 없었겠다고 이해할 수 있지만 느낌까지 바꿀 수는 없다. 버려진 입장에서 우리는 믿을 수 있는 사람은 서로밖에 없다고 느꼈다.

한심하기가 이를 데 없는 청소년기를 보낸 나와는 달리 오빠는 어른들이 원하는 모범적인 아들이었다. 뭐 그런 것 있지 않은가. 학업 성적이 좋고, 교우 관계가 원만하며, 협력을 잘하고 기타 등등. 문제가 있다면 몹시 날카로운 정신의 소유자인 데다가 이따금 신경질을 고농도로 부린다는 것인데 그 상대는 늘 나였다. 밤샘 공부를 할 때 뒤에서 보초를 서는 것도 나였고, 뭐가 먹고 싶은지 모르겠다는 입맛을 맞추기 위해 밥을 볶았다가 떡볶이도 내놨다가 과자도 사왔다가 하는 것도 나였다. 덕분에 내 요리 실력은 민중이 나오기 전에 이미 상당한 수준에 올라서 찌개류나 분식류는 사 먹는 것보다 낫다는 평가를 받았다. 하지만 그 짧은 기간이 지나고 오빠의 기분이 괜찮은 대부분의 시간에는 용돈도 챙겨주고 수다도 밤새워 떨었기 때문에 밑지는 장사는 아니었다.

운명의 날은 10월의 일요일이었다. 구름 한 점 없는 햇살이 내

리쬐는 청명한 가을 아침이었다. 거실 앞 라일락 나뭇잎 사이로 떨어지는 햇살이 손에 잡힐 것처럼 느껴졌다.

중간고사 기간이었고 시험 기간이면 늘 송곳 같던 오빠의 눈치를 보느라 전전긍긍하고 있었다. 이미 그 전날 볶음밥이 뭉쳤네, 볶음밥 위에 달걀이 너무 탔네 등등 지적 질을 당한 터라 이 기간만 지나가면 괜찮을 것이니 마주치지 말자는 심정으로 피해 다녔다. 평소였다면 옷도 같이 고르고 집을 나설 때까지 수다를 떨었겠지만, 그날은 내 방에서 숨소리조차 죽이고 있었기 때문에 오빠가 집을 나서는 것도 보지 못했다.

그 일요일, 오빠는 죽었다.

'왜'라는 질문을 반복했지만 그 대답은 결코 알 수 없다는 것을 오랜 시간 후에 깨달았다. '이렇게 했더라면' 혹은 '이렇게 하지 않았더라면' 같은 가정법이 쓸모없다는 것을 느낀 것은 그다음이었다. 영화 〈인터스텔라〉의 세계가 아닌 한 가정법은 우리를 구원하지 못한다. 시간이 한 방향으로 흐르는 한 바꿀 수 있는 것은 아무것도 없다.

나는 그날 오전이 오빠와의 마지막이 될 것이라고는 생각하지 못했다. 우리의 시간은 길게 이어질 것이고, 그러니 지금 뾰족하게 구는 오빠와는 잠시 마주치지 말자고 생각했을 뿐이다. 생명이 얼마나 연약한 존재이고 망가지기 쉬운 것이며, 시간은 절대 되돌릴 수 없는 것이라는 것을 그때의 나는 몰랐다. 알았더라면 나는 등교 준비를 하는 오빠와 수다를 떨었을 것이고, 마지막 뒷모습을 배웅했을 것이다(내가 무슨 짓을 한들 아무것도 바꿀 수 없었겠지만).

대개의 일에는 깨달음이 있다. 오빠의 죽음을 겪은 뒤 내 인생에서 같은 후회는 하지 않겠다고 결심했다. 내 앞에 있는 사람에게 '오늘이 마지막인 것처럼' 최선을 다하겠다고 마음먹었다. 오로지 나를 위한 결심이었다. 다시는 멍청한 후회를 하지 않기 위해.

누군가 부탁을 해올 때, 내가 뭔가를 해야 할 때 내 판단의 기준은 하나다. "내일 이 사람을 보지 못하게 되더라도 후회 안 할 자신이 있는가?" 그렇더라도 후회가 없겠다 싶으면 거절한다(의외로 그런 경우는 많다. 나처럼 좋고 싫음이 분명한 경우는 더 그렇다). 그렇지 않으면 조금 무리가 되더라도 들어준다. 후배를 집까지 데려다주기 위해 조금 돌아가는 것, 생일 선물 챙겨주기, 갑자기 변경되는 스케줄 정도는 만에 하나 내가 해야 할 후회에 비하면 아무것도 아니다. 물론 이런 내 호의(?)를 부담스러워하는 상대도 있다. 남자들 중에 오해를 하는 경우가 종종 있었다. 하지만 알게 뭐람. 널 위해 이러는 게 아니란 말이다.

물론 부작용은 있다. 다양한 인맥 쌓기 같은 것은 꿈도 꾸지 않는다. 나에게도 정해진 시간이 있고 모든 사람을 위해 정성을 쏟을 수는 없다. 가능한 적은 규모의 사람들과 만나고, 안부를 챙기고, 대화를 나눈다. 인생을 어떻게 사는 것이 정답인지는 누구도 모른다. 다만 나는 이런 방식을 택했을 뿐이다.

미움받는 쪽을 택하기로 했다

1996년에 입사했다. 니어 슈메이커호가 소행성 433 에로스를 탐사하기 위해 출발한 해다. 생긴 것은 감자 같아 보이지만 이름은 무려 '사랑'인 소행성 그리고 그것을 탐사하기 위해 첫발을 떼는 장엄한 우주선과 거대한 사회라는 곳으로 큰 걸음을 옮긴 나는 어떤 의미로는 비교할 만했다.

교육의 시작은 회사의 역사였다. 200명의 신입 사원이 커다란 강당에 모여 돌아가신 창업주의 업적과 노고와 열성에 관한 다큐멘터리를 시청하고, 연대기별로 이룩한 과업에 대해 꼬박 하루에 걸쳐 길고 긴 브리핑을 들었다. 부친이 초등학교도 들어가기 전에 돌아가셨다는 조부에 대해 아는 것이 이름 석 자밖에 없다는 것을 통렬하게 반성할 수 있었던 값진 시간이었다.

당시 회장은 창업주의 아들이었다. 두 달간의 신입 교육이 끝날 때쯤 우리는 사장의 훈화를 경청하게 되었는데, 그는 회장의 아들이었다. 그러니까 생기기는 주식회사처럼 보였던 이곳은 실은 가족 기업이었던 것이다.

아무려면 어떤가. 나는 이곳에 입사하기 위해 공연 보러 갈 시간을 아끼며 공부했고, 음반 살 돈을 아껴가며 토익 시험을 봤단 말이다. 이곳이 소행성이건 대서양 한가운데건 나는 기꺼이 뛰어들 마음가짐이 되어 있었다.

교육이 끝난 뒤 부서 배치를 받고, 함께 배정된 세 명의 동기와 인사를 드리러 갔다. 얼굴에 잔뜩 '스마일'을 걸고 있어서 누군가 툭 치기라도 하면 금방 떨어뜨릴 것 같은 얼굴을 한 4명의 여성이 팀장이 앉아 있는 방으로 쪼르르 몰려갔다. 노크와 동시에 커다랗게 인사를 하며 들어갔지만 팀장은 서류에 코를 박은 채 고개도 들지 않다가 불쑥 물었다.

"너네는 4년제냐, 2년제냐?"

질문의 의미를 모른 채 4년제라고 대답하자 팀장은 그제야 고개를 들고 우리를 바라보았다.

"아, 너희 4년제냐? 그럼 말이 좀 통하겠네."

팀장은 벌떡 일어나 우리가 앉을 자리를 마련해주고, 심지어 냉장고에 비치되어 있던 음료수를 꺼내주며 부서의 전체적인 일과 근무 패턴에 대해 웃는 얼굴로 설명했다. 부서의 절반 정도가 4년제 졸업자이고 절반 정도는 2년제 졸업자라는 것을 그의 설명을 듣고 알았다. 우리보다 한 달 먼저 입사한 2년제 졸업자들은 교육 없이 부서에 투입되어 석 달쯤 되어 가는 시점이었다. 그리고 그 석 달간의 답답함을 '교육받고 온 4년제 졸업자'들에게 토로하고 있었던 것이다(교육도 안 해주고 현장에 투입한 다음 답답하다고 말하는 것은 무슨 심보인가).

무려 25년 전 이야기다. 당시의 내 심정은 '다행이다'였다. 무언가 잘못되었다는 것을 머리로는 알고 있었지만, 첫 직장, 첫 상사가 내가 가진 스펙 중 선호하는 것이 있다고 말하는데 싫지 않았던 거다. 직장 내 차별, 학력 평등, 남녀 차별 같은 것이 빠르게 스쳐 지나갔지만, 일단 내 입에 단 것이 들어오니 삼켜버렸다. 팀장과의 사이? 좋았다. 원래 마름이 칭찬하면 노예는 꼬리나 살랑대는 법이다. 팀장이 누군가에게 '여자냐, 남자냐? 남자면 얘기가 좀 되겠다'라고 말할 수도 있겠다는 생각이 든 것은 나

중이었다.

그로부터 10여 년 후 일하게 된 부서는 60퍼센트 정도가 같은 전공자로 채워진 곳이었다. 말하자면 같은 대학을 나와 비슷한 보직에 복무(군대도 같이 갔다 왔다는 소리다)했으며, 함께 입사한 자들이 일하는 곳이었다. 30퍼센트 정도가 또 다른 동일 전공자 조직으로 구성되어 있었고, 나머지 10퍼센트에 내가 속했다(그런 조직에 왜 갔느냐 묻지 마시길. 인사부에서 발령 내면 가는 거다). 문제는 이쪽 팀장이 선호하는 스펙을 내가 갖지 못했다는 점이다.

팀장은 내게 꼭 그 스펙이 필요한 이유에 대해 구구절절하지만 단호하게 설명했다. 짧게 줄이면, '난 그렇게 생각해'가 이유였다. 명확한 이유가 없으면 말이 길어지고, 변명은 꼬리를 물고 오는 법이다. 애초에 그 스펙 없이도 일할 수 있는 곳이기에 인사부에서 발령을 낸 것이다. 사규에도 없는 것이고, 그 팀장과 일하고 싶은 염원이 목까지 차오른 것도 아닌지라 전출을 요청했으나 거절당했다.

국회에서만 정치를 하는 것이 아니다. 회사에도 커다란 정치판이 돌아간다. 부서마다 주거니 받거니 하는 것이 있고, 암묵적인 규칙이 존재한다. 나를 전출시키는 것은 인사부와의 정치에 문제가 생길 수 있다고 그는 판단했다. 인사부에 뭐라고 할 것인가? 그 스펙이란 것은 팀장의 개인 취향일 뿐인데 말이다. 이런 상황이 3년 정도 이어졌다. 내가 그 스펙을 얻기 위해 걸린 시간이 아니라 그가 원하는 스펙을 정상적인 방법으로는 만들 수 없다는 것을 팀장이 깨닫고 스스로 포기하기까지 걸린 시간이다.

회사 화장실에서 몇 번을 울었는지 셀 수가 없다. 지금 떠올려도 머리가 휑해지는 기억이다. 물론 그 이후로는 즐거운 일만 있었느냐 하면, 그럴 리가 있나! 그보다 더한 것도 겪었다.

첫 팀장의 호불호는 내게 사탕이었으나 두 번째 팀장의 호불호는 효험 없는 탕약 그 자체였다. 회사라는 공식적인 집단에서 팀장 개인의 호불호가 작용한다는 것이 말도 안 될 것 같지만 법은 멀고 주먹은 가까운 법이다. 지금은 블라인드(직장인의 익명 커뮤니티 앱)로 투덜댈 기회도 있고 익명 투서도 가능하지만 나는 꽤 오랜 시간 '참는 것밖에 더 있겠어?'라는 패배 의식을 둘둘 두르고 살았다. 거기에 '나만 아니면 돼'라는 비굴한 안도감까지 겹쳐지면 내 바닥을 확인하는 것은 시간문제다.

나의 적은 내 안에 있는 경우가 많다. 그것도 아주 딱딱하게 굳은 채 자리 잡았다면 비틀어 떼어내기도 쉽지 않다. 하지만 자꾸 자신의 바닥을 확인해서야 '자기애' 같은 것이 생길 리 없다. 나 스스로 사랑할 수 있는 사람이 되려면 '아닌 것은 아니다'라고 말하고 미움받는 쪽을 택하는 것이 맞다. 아, 이래서 나날이 받는 미움이 쌓여가고 있는, 그런 내가 조금 걱정이긴 하지만 말이다.

미녀로 사는 것은 어떤 기분일까?

영화 〈미녀는 괴로워〉에서 나무 바닥으로 된 무대 정도는 사뿐히 밟아 무너뜨리던 여주인공이 성형과 다이어트를 통해 미녀가 된 후 외출하는 장면이 나온다. 똑같은 세상이 그녀를 대하는 방식은 변신 전과 후에 극명하게 달라진다.

영화의 만듦새와 주제 의식 같은 것을 떠나서 어딘지 익숙한 모습이다. 사람은 외모로 평가하는 것이 아니라지만 내 의지와 상관없이 눈이 돌아가는 것까지는 어쩔 수 없다. 영화 속 그녀는 미녀가 아닌 삶과 미녀가 된 후의 삶을 모두 살아봐서 두 개의 삶이 어떻게 다른지 알 수 있겠지만, 나처럼 미녀가 아닌 삶으로만 평생을 살고 있는 사람으로서는 도저히 미녀의 삶을 짐작할 수가 없다. 모르긴 몰라도 대단히 안정감 있고 친절한 사회에서 살아간다고 느끼지 않을까 짐작할 뿐이다.

나는 입사 후 김포 공항에서 일했다.

당시 장동건의 인기가 하늘을 찌를 때여서(맞아요. 저 옛날 사람입니다) 서태지와 함께 다큐멘터리에 나올 정도였다.

장동건을 보던 날은 작은 사고가 있었다. 정상적으로 공항이 돌아가지 않았다는 말이다. 유니폼을 입은 내가 즐거운 상황일리 없다. 제때 출발하지 못한 승객들이 점점 늘어나고 있었고, 그 와중에 그의 매니저가 상황을 파악하기 위해 나타났다. 매니저 뒤에 서 있는 장동건을 봤을 때 나는 보았다. 분명 '후광'이 비치고 있었다. 지금껏 머리 뒤로 후광이 비치는 존재는 대웅전에 온화하게 앉아 계신 부처님을 빼고 그가 처음이었다. 그날 이후로 지금까지도 본 적이 없다.

모든 여직원은 아연 긴장 상태가 되었다가 입꼬리가 살짝 들리는 표정이 되어 돌아다녔고 남직원들은 못마땅한 얼굴이 되었다. 그날 근무는 말할 수 없이 힘들었지만 작은 추억 하나로 위안을 삼을 수 있었다. 장동건이 뭘 어떻게 했냐고? 으음, 아무것도. 그는 그저 존재했을 뿐이고 어느 직원도 그에게 말을 걸지 않았다. 말을 걸지 못했다는 표현이 더 적합할 것이다.

그는 그대로 전설이 되어서 며칠 동안 사무실을 떠돌았다. 아수라가 한바탕 휩쓸고 간 것 같았던 근무에 동참하지 못했음을 안타까워하던 여직원도 여러 명 나왔다. 이유 없이 의기양양해서 콧바람을 흥흥거렸던 것 같다.

며칠 후 한가하고 평온한 오전, 동료가 숨넘어가는 소리로 다른 직원들을 불렀다. "저기, 저기… 정우성이 있어!"

그랬다. 우리는 누가 먼저라고 할 것 없이 달려갔다. 승객들이 대기하고 있는 의자에서 멀리 떨어진 기둥 아래에 그가 있었다. 땅바닥에 다리를 쭉 뻗은 채 기둥에 기대어 책을 읽고 있었다. 아무리 순번을 정했다지만 눈앞에 구두 소리를 내며 직원들이 계속해서 지나가는데도 그는 아랑곳하지 않고 책을 읽고 있었다. 그렇게 집중할 정도로 재미있는 책이 뭐였는지 지금도 궁금하다. 그가 사라지고 난 후 그 기둥에 금줄을 치자고 한 직원도 있었다. 진심이었을 것이다.

환생을 다루는 드라마를 보면 전생의 모습 그대로 이승에서 살아가는 인물들이 나온다. 너무하다. 누군가는 정우성으로 몇억겁을 살아가고 나는 이 모습으로 반복해야 하다니. 신이 있든

없든 너무 불공평하다는 생각이 든다. 드라마 설정상 동일한 얼굴이어야 몰입이 쉬워서 그런 것일 뿐 사실은 다음 생에는 장동건 정도로 태어나는 것이 순리라고 누가 확신을 줬으면 좋겠다. 괜히 '이번 생에 좋은 일을 많이 해야 다음 생에는…' 같은 말로 속을 뒤집지는 말아줬으면 한다.

미남, 미녀로 사는 삶은 어떤 것인지 모른다. 세상이 꽤 친절하게 대할 것이라는 강한 확신만 있을 뿐이다. 그날 공항에서 여직원 모두가 장동건의 매니저에게조차 무척 친절했으니까. 〈미녀는 괴로워〉의 여주인공처럼 다이어트를 할 생각도, 성형을 할 마음도 없지만 가끔 불현듯 너무 궁금해지는 것이다.

그나저나 이 나이를 먹고서도 아직 이런 궁금증을 갖고 있는 나, 좀 문제가 있는 걸까? 하하.

돌아오라, 감수성

2017년, 나는 엠넷의 〈프로듀스 101〉 시즌 2를 장문복 군이 긴 머리를 휘날리던 첫 방송부터 강다니엘 군이 센터로 우뚝 선 파이널까지 한 회도 빠짐없이 시청했다. 단전의 모든 힘을 응축해 고백하자면 백 퍼센트 타의였다.

사랑에 빠진 두 사람 중 누가 갑인지 알고 싶다면 어느 쪽이 좋아하는 것을 함께 하는 시간이 많은지 보면 된다.

예를 들어 '야구를 좋아하는 남자'와 '게임을 좋아하는 여자'가 만났다면, 주말에 그들이 어디에서 목격되는지 보면 된다. 상대를 좋아하는 마음이 클수록 그 사람이 좋아하는 것에 관심을 갖고 시간을 보내기 마련이다. 그렇게라도 하지 않으면 상대가 안 놀아주니까. 그들이 야구장에서 목격된다면 남자에게 배팅하면 된다. 피시방이라면 당연히 칼자루는 여자가 쥐고 있다는 뜻이다.

그런 의미로 지극히 〈프로듀스 101〉을 사랑한 딸 덕분에 한 회도 빼놓지 않고 방송을 지켜봐야만 했다. "와, 얘 아까 울던 걔지? 아니야? 아우, 왜 이렇게 비슷하게 생겼어! 아니야? 하나도 안 비슷해? 미안해." 이런 말을 주절거리면서.

JTBC의 〈슈퍼밴드〉를 설레며 보고 있는 내 옆에 당연히 딸은 없었다. 우리 사이의 갑은 마땅하게도 딸이었던 것이다. 그러나 '밥 벌어다 주는 자'의 심기를 고려하여 가끔 지나는 길에 들리는 나의 호들갑에는 반응해주었다. 2주가 지나 개별 참가자 예선이 끝날 때쯤 딸이 물었다.

"왜 여자는 하나도 없어? 참가를 못 한 거야, 예선에서 다 떨어진 거야? 여자 밴드는 다음 시즌에 나오나?"

듣고 보니 그랬다. 노래를 하고 악기를 다루는 일을 남자만 할 수 있을 리가 없다. 우리나라 밴드 중 여성의 숫자가 상대적으로 적기는 하지만 곳곳에서 탄탄한 활동을 하고 있다. 다행히 딸은 대답을 기다리지 않고 방으로 들어가 버렸다. 고개를 갸웃거려

봤지만 답이 나올 리가 없다. 하지만 진짜 문제가 무엇인지는 당시에도 명확히 알고 있었다.

나는 딸이 의심한 그 부분이 '이상하다'라는 자각조차 하지 못했다. 처음부터 〈슈퍼밴드〉의 참가 자격은 남성이었다. 여성에게는 기회조차 주지 않은 것이다. 21세기에 그러한 결정을 한 방송국도 놀라웠지만 더 경악할 것은 나의 젠더 감수성이었다. 눈앞에 남자들만 보이는데도 '원래 그런가 보다' 하며 구경만 하고 있었던 거다.

"원래 그래"와 "다 그렇지 뭐"는 사회생활을 성공적으로 이끄는 쌍두마차다. 두 마리가 한 방향으로 뛰기 시작하면 마차는 엄청난 속력으로 질주한다. 부당한 일을 당해도 '원래 그래'라고 생각하고, 아닌 것 같은 상황이 되어도 '다 그렇지 뭐' 하고 납득하기 시작하면 세상엔 평화로운 노래가 가득하고 쭉 뻗은 신작로 위에는 달려가는 마차의 명쾌하고 당당한 바퀴 소리만 가득하게 된다. 대개 마부는 나와 상관없는 사람이다. 그런데도 나는 그저 마차의 뒤를 허겁지겁, 그러나 묵묵히 뛰어가고 있다.

회식 자리에서 가장 많이 나오는 말을 체크해보라. 정확히 이 두 마디다. 열 받은 동료에게 "원래 그렇잖아"라며 소주잔을 채워주고, 눈물을 찔끔거리는 후배에게 "다 그렇지 뭐, 네가 참아"

라며 구운 고기를 내민다.

그렇지만 원래 그런 일이 어디 있고, 다 그런 일이 또 어디 있나. 요즘 고3이 19세기 영국에 태어났다면 성냥 공장에서 12~13년 차 베테랑 직공이 되었을 것이다. "우리 때는 애 낳은 다음에 바로 출근했어" 같은 말을 하는 사람 앞에서는 마땅한 대답조차 떠오르지 않는다. 그런 사람이 못마땅한 얼굴로 산휴 결재판에 도장을 찍어줘야 하는 경우라면 말이다. 거기서 "여자가 무슨 일을 하냐?"까지 이야기가 진행되는 것은 딱 한 걸음이다.

과거의 시선으로 현재를 재단하려 들면 안 된다는 것은 상식이다. 그러나 언제나 신경 쓰고 정신 바짝 차리려 노력하지 않으면 과거의 잣대로 현재를 판단하려는 나 자신을 발견하게 된다. 큰일 날 소리다. 저 평화로운 쌍두마차가 달리는 길은 마부에게나 행복한 것이지, 뛰어가는 내게는 그저 고난이고 역경이고 슬픔이고 자기 비하일 뿐이다.

그러니 감수성 떨어지지 않게 새로운 것들이 나왔다고 하면 쳐다보고, 신기한 것이 나왔다고 하면 사용해봐야 한다. '당연하지'라는 생각만 버려도 모든 것이 다르게 보이기 시작한다. 늘 만나던 친구들만으로 평생 가서야 신선한 관점을 가지기 어렵다. 새로운 여행지의 모든 것이 낯설듯 생활의 일정 부분은 익숙하지 않은 경험 몫으로 남겨둬야 한다. 안 읽던 종류의 책도 집어 드는 모험을 해야 하고, 이름부터 생소한 감독의 영화도 속는 셈 치고 마주해야 한다. 거기서 의외로 내게 가르침을 주는 책을 만나고, 내 취향의 영화를 가질 수도 있다. 늘 그런 것은 아니지만.

십 년 전쯤 같이 근무하던 차장님은 '미스터'와 '미스'라는 호칭을 사용했다. 대리나 과장처럼 직함이 생기면, '김 대리', '박 과장'이라고 부르지만 그전에는 '미스터 김', '미스 박'이었던 거다. 그러니 대개 입사한 지 얼마 안 된 직원들을 향한 호칭이 미스터와 미스가 될 수밖에 없었다. 어색하다는 직원도 있었고 듣기 거슬린다는 직원도 있어서 언젠 그 호칭을 좀 사용하지 말아 주십사 말을 해본 적이 있었다. 그때 그의 대답은 단호했다. "이건 상대방을 배려해서 해주는 호칭이야. 미스터, 미스. 얼마나 좋아?" 듣는 사람이 싫다면 하지 말아야 한다는 감수성 같은 것을 그에게 기대한 것 자체가 무리였던 거다.

그나저나 딸에게 젠더 감수성을 배운 것은 감사한데, 딸을 향한 애정만으로 〈프로듀스 101〉 시즌 2를 보기엔 너무 길었다. 그 고난의 행군을 또다시 반복할 내가 참으로 걱정이다.

가풍이란 존재하는가

아버지의 첫 직업은 공무원이었다고 한다. 내가 태어나기도 전에 잘려서 어디에서 근무했는지는 모른다. 그만둔 이유만 들었는데 군대 문제였다. 우리나라에 징병제가 실시된 것은 6·25 전쟁 중이던 1951년이었다. 전쟁 중 징집당할 가능성도 고려할 수 있었겠지만, 당시 아버지의 나이는 십 대 초반이었다. 데려가야 짐만 된다.

(인터넷과 어머니의 기억에 따르면) 전쟁 후에는 다소 느슨하게 제도가 유지되었는데 농사짓는 별 볼 일 없는 집안의 막내아들

이었던 아버지는 대학에 다닌다는 이유로 큰 어려움 없이 군대에 가지 않았다. 이후 공무원이 되어 결혼하고 애까지 낳았는데, 군사 정권이 들어오면서 군 미필자는 전부 잘리게 되었다고 어머니가 말해주었다. 남편이라고 너무 편파적으로 말하는 것 아닌가 하는 생각으로 당시와 관련된 역사책을 뒤져보기도 했는데 대충 맞는 말이었다.

10년 정도 이어진 부모님의 한 많고 가슴 아픈 암흑기는 이런 역사의 물결 속에서 시작되었다. 취업이 불가능해 발을 동동 구르다 '아무거나 밥집'을 시작한 것도 이 시기다. 바쁘고 정신없던 나머지 어린 자식들을 거둘 수도 없었다. 우리 남매를 시골에 맡겨놓고 단 한 번도 찾아오지 않아서 정말로 부모님 얼굴을 잊었었다. 그 나이 애들은 원래 그렇거나 우리가 특히 머리가 나빴거나 둘 중 하나다.

우리 남매의 어릴 때 사진은 내가 초등학교 3학년이던 무렵부터 존재한다. 직전에 찍은 것으로는 돌 사진이 유일하다. 그사이에는 사진이고 뭐고 없다. '아무거나 밥집'을 지나 '경양식집' 주인이 된 무렵부터 사진이란 것을 찍어줄 수 있었다. 당연히 자식들의 표정은 어색하기 이를 데 없다.

어른이 된 후, 부모님의 입장을 상상해본 적이 있다. 사십 대

초반에 무일푼으로 두 아이까지 포함한 가족의 생계를 책임져야 하는 일이 쉬웠을 리가 없다. 감정의 문제도 있고 체력도 벅찼을 것이다. 추석과 설에도 일할 정도의 정신력까지 발휘한 것은 가히 아이언맨 급이라고 생각한다. 물론 나도 명절에 출근을 하지만 그것과는 아주 다른 차원의 문제다. 고단하여 지쳐 누워 있다가도 갑자기 몰려오는 두려움에 밤잠을 꽤나 설쳤을 것이라고 쉽게 짐작할 수 있다. 가슴이 아프다. 나이를 먹다 보니 조금씩 부모를 이해하는 폭이 넓어진다.

이런 인생을 살아오셨으니 부모님은 돈에 관해서는 철저했다. 자식이니까 철저하다고 말해주는 것이지, 제삼자였다면 구두쇠라고 불렀을 것이다. 일단 의식주부터 아꼈다. 배달 음식을 먹은 기억도 없고 외식도 졸업식 같은 행사가 아니면 꿈도 꾸지 못했다. 영화를 본 기억도 없다. 내가 구운 고기를 밖에서 먹은 것은 스스로 돈을 번 이후다(회식이 있지 않은가). 유일한 나들이는 야구장 정도였다. 당시 야구장에서 치킨 같은 건 팔지도 않았다.

입사 후, 첫 달 월급 통장에 63만 원이 찍혔다. 그걸 보고 45만 원짜리 적금 통장을 만들어 온 양반들이다. 부모님이 회사 생활을 못 해봐서 '보너스'의 존재를 몰랐기에 망정이지, 하마터면 걸어서 출퇴근할 뻔했다.

가훈을 굳이 적어놓지는 않았지만, 부모님이 마음 깊이 품고 산 생각이 있었다면 근검절약 정도였을 것이다. 당연히 빚을 내서 무엇을 산다는 개념은 비집고 들어올 틈이 없었다. 차도 없었고, 컬러 TV도 동네에서 가장 늦게 구입했다.

자식 입장에서 어른이 되고 든 생각은 '부끄럽고 궁색하다'였다. 짜장면 정도는 가볍게 먹어도 좋지 않았나 싶었던 것이다 (졸업식 날은 사주셨다). 휴가나 여행 등은 생각도 못 했다. 크리스마스 선물도 설빔도 없었다. 산타클로스 따위 루돌프와 함께 어디 추운 곳에 처박혀 있으라지. 내 살아온 날들은 이런데, 사회에 나와 다르게 살아왔던 타인들의 지난 이야기를 들으며 '한 번 사는 인생, 뭐 그렇게까지 할 필요가 있었나' 하는 생각에 괜스레 슬퍼지기까지 했다.

그러나 훗날 어떤 마음을 갖게 된 것과 상관없이 나 역시 부모님의 자세를 물려받은 것 같다. 보고 자란 것이 그것뿐이면 싫어도 어쩔 수 없이 닮게 되는 부분이 있다. 없으면 그냥 맞춰 사는 것이지, 돈을 빌려서 좀 나은 곳으로 옮기거나 비싼 물건을 산다는 옵션이 머릿속에 아예 존재하지 않는 것이다.

신혼집은 전세로 얻은 5층 옥탑방이었다. 두 분이 만들어 온 적금 통장에 꼬박꼬박 모은 돈으로 혼수를 마련했다. 남편 쪽도 넉넉한 편은 아니었고, 어쨌거나 원룸에 놓을 수 있는 살림살이란 많지 않아서 그리 큰돈이 필요하지도 않았다.

결혼 당시뿐 아니라 이혼 후에도 쉴 새 없이 전세를 옮겨 다니다 몸에서 사리가 나올 때쯤 허름한 연립주택을 사 버렸다. 당시 가지고 있는 돈으로 선택할 수 있는 유일한 옵션이었다. 도둑을 몇 번 맞았는지 셀 수도 없는 집에서 십 년을 넘게 살았다. 남들은 갭 투자니 뭐니 해서 몇 채씩 아파트를 불려 나간다는데, 그런 이야기는 그저 남의 이야기일 뿐이었다.

지금은 적어도 도둑 걱정은 좀 덜한, 지은 지 20년 넘은 아파트로 옮겼다. 가끔씩 '안 이래도 되잖아' 하는 생각이 들 때도 있다. 마이너스 통장이란 옵션도 있고, 대출도 가능하다. 그런데 마음에 걸린다. 영 불편하다. 부모님의 삶의 방식이 궁상맞아 보여도 어쩔 수 없이 비슷하게 살아버리고 말았다. 이거야 원.

며칠 전, 늦어도 내년에는 결혼을 할 것이라는 후배들과 수다를 떨었다. 살 집을 마련해야 할 입장이 되고 보니 다들 벌게진 얼굴로 머리카락만 쥐어뜯는 분위기였다.

"전세를 구하려고 해도 4~5억은 있어야 해요."

말하는 목소리가 사뭇 비장하기도 하고 어둡기도 했다. 하긴 그 돈이 쉬운 돈이 아니지. 고개를 끄덕이는 찰나에 후배가 "그러니까 일단 1억 정도는 있어야 하는데…"라고 말을 이었다.

"4~5억이라며. 1억으로 뭐가 되는데?"

"아니, 요즘 80퍼센트는 빚으로 사는 거지, 누가 자기 돈 다 넣고 집을 얻어요?"

'흠, 요즘은 그런단 말이지?'라고 생각하며 고개를 끄덕거리다 문득 생각했다. 이건 트렌드의 문제라기보다는 '가풍'의 문제가 아닌가 싶은 것이다.

상식적으로 생각하면 집을 얻는 돈 정도는 은행의 도움을 받아도 된다. 흥청망청 써버리기 위한 돈이 아니다. 전세금이란 나올 때 그대로 돌려받는다. 경제생활을 계속할 능력과 의지만 있다면 은행의 도움을 받는 편이 돈을 모으는 것에도 유리하다. 목표가 있는 달리기가 무작정 뛰는 것보다 좀 더 견디기가 쉽다.

하지만 내 머릿속에는 커다란 느낌표가 자리 잡는다. '그래도'라는 생각이 든다. 촌스럽고 궁상맞게도 마음이 불편해진다. 이건 아무래도 가풍의 문제인 것 같다. 김칫국물이 스며든 식탁보처럼 가난의 가풍 같은 것이 내 의식에 또렷하게 자리를 잡은 것이다. 아, 정말이지 내가 제일 걱정이다.

2장

먹고는 살아야겠기에…

25년 차 직장러의 출근 모드

영화 〈와일드〉에서 리즈 위더스푼은 4천 킬로미터가 넘는, 언제 끝날지 알 수도 없는 도보 여행을 시작한다. 등에 지고 일어나기도 힘든 배낭을 멘 채 처음 도착한 쉼터에서, 무게를 줄이는 것이 좋겠다는 친절한 주인장의 권유에 따라 내용물을 꺼내 늘어놓는다. "이것도 필요한 거야?" 노련하게 필요한 것과 버릴 것을 골라주던 주인장이 문득 콘돔 뭉치를 집어 들고 묻는다. 버리라고 말하던 그녀는 주인장이 잠시 자리를 비운 사이 잽싸게 콘돔 하나를 챙겨 주머니 속에 넣는다.

우리는 일정한 시기가 되면 돈을 벌어야 한다. 막연하게 '아름다운 은퇴'에 대한 생각은 가지고 있지만, 도무지 그것이 언제 와 줄지 모르는 험난하고 고된 여행의 시작이다. 대충 짐을 꾸려 걷기 시작하지만 만만한 무게가 아니다. 영화보다 현실이 더 우중충한 이유는 현실에는 쉼터도, 친절한 주인도 없기 때문이다. 하지만 어쩔 수 없다. 길은 이어지고 끝은 보이지 않으니 우리는 걸어야 한다.

돈을 벌기 위해 선택하는 방법은 대략 두 가지다. 알아서 벌든지(자영업 내지 사업), 회사에 들어가든지다. 이 이야기는 회사에 들어가는 방법을 택한 사람들에게 조금이라도 도움이 되었으면 하고 쓰는 글이다. 참고로 말하자면 나는 회사 생활 25년 차다. 노련한 쉼터 주인의 도움은 받지 못했지만, 무거워서, 죽기 싫어서 내용물을 던져 버리며 25년을 걸어왔다. 누군가의 도움이 있었다면 좀 더 가볍게 걸을 수도 있었으련만, 내 복이 이 모양인 것을 누구를 탓하겠나. 내가 헉헉대며 걷고 있는 처지이니 한가하게 쉼터 앞에서 자리를 펴고 배낭 속 내용물을 선택해 줄 수는 없다. 가쁜 숨 사이로 몇 마디 해볼 테니 그대들의 배낭은 각자 알아서 정리하시라. 꽤 많이 버려야 한다는 것을 잊지 마시고.

회사 생활이 힘들다는 하소연의 큰 부분은 인간관계 때문이다. 일하자고 들어간 회사이니 일이 힘들면 그만두는 것은 당연하지만, 대개의 회사 일이라는 것이 그만둘 만큼 어렵지는 않다. 내가 그만둬도 내 일을 할 누군가를 금방 구하는 것을 보면 안다. 오히려 직장을 때려치울까 말까의 갈림길은 인간관계에서 오는 경우가 많다. '저 더러운 인간 때문에 회사를 그만둔다'는 것은 일견 타당한 퇴사 사유처럼 보이기도 하지만, 요즘 같은 불경기에 쉽게 구사할 수 있는 전략은 아니다. 몇 번 계속하다 보면 '단체 생활 부적응자'로 엄마한테 찍힐 위험도 다분하다. 그러면 어떻게 해야 하나.

첫 번째, 회사에 들어온 목적이 다른 인간은 버려라.

입사할 때는 '나는 이러이러한 일을 하겠어'라든지 '이런 일을 하는 회사에 입사하니 당연히 이런 일을 하겠지' 하는 부분이 있다는 것을 나도 안다. 무역 회사에 입사했다고 다 장그래가 되는 것은 아니다. 장그래네 회사에도 인사팀과 노무팀이 있을 것이다. 입사해서 그런 부서에 배치받으면 그 회사에서 나올 때까지 무역의 ㅁ 자도 구경하지 못할 확률이 높다.

항공 회사에 25년 넘게 다니고 있는 내 선배는 입사 이래 총무부에서 쭉 근무한 결과, 회사 콘도와 주차장 관리, 임금 관리에만 빠삭할 뿐 비행기가 어떻게 뜨는지, 어디까지 가는지, 비행기

표 값이 대강 얼마인지도 도무지 답을 못한다. 그래도 항공사 근무에 지장이 없다. 선배가 '항공사에 들어왔으니 항공기에 관련된 일만 하겠다'고 마음먹지 않았기 때문에 가능한 일이다.

자신이 회사에 들어온 목적이 '특정한 어떤 일을 하겠다'는 것인지, 한 달 일하고 '한 달 치 월급'을 받겠다는 것인지 확실해야 한다. 특정한 어떤 일이라면 대부분 남들한테 말했을 때 폼 나는 일일 확률이 높다. 그러니 괜히 다른 데서 얼쩡대지 말고 본인의 길을 찾는 것이 좋다. 괜히 타 부서를 기웃거리고 본인 일은 제쳐두고 전출 요청이나 하고 앉아 있으면 바라보는 사람 입장에서도 곤란하기 이를 데가 없다. 인간관계가 좋아지려야 좋아질 수가 없다. 한 달 일하고 월급을 받겠다는 입장이면 주어진 일을 열심히 하면 된다. 나와 다른 목적을 가진 사람을 만나면 그의 앞길에 쿨하게 박수를 보내주고, 버려라.

두 번째, 목표가 다른 사람도 버려라.

회사 생활의 목표가 사장인 경우를 실제로 본 적이 있다. 신입사원이었는데 목표가 사장이었다. 신입은 사장의 길을 가고, 나는 내 길을 가면 된다. 사장이 되고 싶은 신입은 단계마다 필요한 자격증을 따고 실적 관리를 하고 인맥 관리를 할 것이다. 그에게 인간관계는 인맥 관리일 것이고, 이런 경우 큰 문제는 없다.

그 외에 적당히 진급하고 적당히 월급 받고자 하는 사람들이 문제인데, 말하자면 나 같은 사람이다. 언제나 문제는 '적당히'에서 시작한다. 그 적당히가 어느 정도인지는 본인만 안다. 그러니 본인의 목표가 어디인지 한번 숙고해보기 바란다.

본인의 목표가 신입과 비슷하다면 투자하는 것이 좋다. 회사 직원 숫자 대비 임원 숫자를 생각하면 경쟁률이 어느 정도인지는 안 알려줘도 알 것이다. 시간이건 돈이건 쓸 수 있는 모든 역량을 투자해야 한다. 잘된다는 보장은 없지만 투자하지 않는 것보다는 훨씬 확률이 높다.

본인의 목표가 가늘고 길게 월급 받고 다니는 거라면 옆 사람과 비교하지 말고 내 목표만 기억해라. 옆 사람 진급이 나보다 빠르더라도, 해외 발령이 나더라도 신경 쓰지 마라. 내가 가늘고 길게 가기 위해 건강에 힘쓰는 동안, 옆자리의 신입은 밤새 영어 공부를 하는 것으로도 모자라서 팀장의 회식 전용 택시가 됐을 수도 있다. 길을 다르게 잡았으면 잡은 길로만 가라. 문득문득 옆길을 바라보며 배 아파해 봐야 가방 속 약만 없어질 뿐이다. 목표가 다른 사람도 버려라.

세 번째, 소속감이나 자아실현 같은 이야기를 하는 사람도 버려라.

행동과학자 매슬로의 욕구 단계 이론에 따르면 인간의 욕구는 다섯 단계로 구분된다. 피라미드의 가장 아래에는 음식, 주거, 잠, 성 등 생리적인 것에 관한 욕구가 있다. 그다음은 안전과 보안이다. 매슬로에 따르면, 이런 기본적인 욕구는 시장에서 충족 가능할 수도 있지만 더욱 높은 수준의 욕구 충족은 불가능하다. 여기에는 애정과 수용, 친교와 같은 소속감의 욕구와 자존감과 사회적 지위, 타인의 인정 같은 자아 존중의 욕구, 자기 자신을 표현하고 삶의 의미를 찾고자 하는 자아실현의 욕구가 포함된다.

회사 생활에서 소속감을 느끼려는 사람들은 생각보다 많다. 하지만 회사는 학교가 아니다. 학교는 돈 내고 다니는 학생과 돈 받고 다니는 선생님이 있어서 그래도 가급적 학생의 기를 죽이지 않으려고 노력은 한다. 하지만 회사는 아니다. 내가 '이만큼'의 실적을 내놓으면 '요만큼' 보상을 하는 곳이 회사다.

회사 실적을 통해 인정받고 싶어 하는 사람들도 꽤 많이 봤다. 하지만 그것은 회사 실적일 뿐이다. 회사의 이름으로 남지, 직원 이름으로 남지 않는다는 소리다. 한바탕 바쁜 일이 휘몰아치고 나면 어김없이 다음 일이 대기하고 있는 곳이 회사다.

물론 회사에서는 소속감을 고취시키고 자아실현을 독려하기 위해 교육과 포상을 한다. 어딘가에 몇 박 며칠 모아놓고 애사심을 독려하고, 회사 복도의 어정쩡한 곳에 사진을 걸어놓고 '자랑스러운 사원'이라고 치켜세우기도 한다. 자발적으로는 오죽 안 생기니 그런 방법을 쓰겠는가. 하지만 그만두고 나면 그뿐이다. 학교는 두고두고 이력서에 한 줄이라도 기입하지만, 지나온 회사는 때에 따라서 숨겨야 할 일도 있는 법이다.

소속감과 자아실현을 부르짖는 사람들이 좋아하는 것이 회식이다. 그만 좀 하자. 어차피 1일 8시간 일하기로 계약해놓고 10시간 넘어 일하기 전엔 퇴근 못 하는 곳이 대부분의 회사다(아, 눈물 나려고 한다). 무슨 소속감을 더 고취시킬 일이 있어서 밤새 얼굴을 또 마주 보는가. 회식 때 가장 많이 하는 멘트 중 하나가 "회사 얘기 빼고 하자"다. 다들 아는 것이다. 회사 얘기해봐야 재미없다는 것을. 그러면서도 또 앉아서는 회사 얘기뿐이다. 공통적인 화제가 그것뿐이기 때문이다. 비싼 술 마시면서 미치고 술 깰 노릇이다.

자, 여기까지 덜어냈는가? 그랬다면 아주 조금은 가벼워졌을 것이다. 난 저 인간들을 버렸는데 저 인간들이 나를 계속 귀찮게 군다고? 그럴 것이다. 회사는 남 눈치 보고 신경 쓰는 데 달인이 되지 않고서는 버틸 수 없는 곳이기 때문이다. 그렇다면 어떻게 해야 하는가.

출근할 때 정장이나 유니폼을 입는 것처럼, '출근 모드의 나'를 입으면 된다. 출근할 때는 그에 어울리는 역할극을 한다고 생각하자. 본인은 소탈하고 솔직한 성격의 소유자라 가면을 쓰고 어쩌고 하는 것은 부담스럽다고? 퇴근하면 양복 벗고 추리닝으로 갈아입는 것 다 안다. 출근 모드로 출근한 후 일하자. 그리고 내가 버린 인간들이 아는 척을 하면 친근하게 웃어주고 잊어라. 자신의 목적과 목표를 잊지 마라. 퇴근 후의 회사 활동(회식이나 야유회 같은 것 말이다)도 자신의 목적과 목표에 맞는지 세 번쯤 생각하고 참여하라. 세 번이다. 그 이하로는 안 된다.

그리고 출근 모드의 내가 할 법한 얘기만 해라. 회사 와서 집 식구 걱정, 남친 강아지 걱정, 재미없는 유머 같은 것은 하지 말자. 그런 얘기는 친구랑 하는 거다. 그런 말 할 시간에 일에 집중하자. 회사 생활하느라 친구 만날 시간이 없다고? 앞에서 말한 세 종류의 인간만 덜어내도 친구 만날 시간은 있다. 회사 직원들에게 친구까지 돼 달라고 하지 마라. 내버려둬도 다들 힘들다. 피곤하고 가슴 무거운 이야기는 회사 밖에서 좋은 사람들과 하라. 그 대신 누군가 출근 모드에 적합하지 않은 이야기를 시작하면 도망가라. 아마 세 번째 유형에 속하는 인간일 것이다.

그렇다면 회사 생활은 온통 딱딱하고 차가운 관계뿐이냐고? 왜 이러시나, 한국에서 고등학교 졸업하신 분이. 하루에 15시간을 학교에 잡아놓고 공부를 시켜도 친구 될 사람은 친구 되고 연애할 사람은 연애한다. 사람과의 관계는 두 사람만의 케미가 문제인 것이지 어떤 다른 요소도 필요 없다. 그러니 걱정 말고 버릴 사람부터 거둬내라. 그래야 조금 가벼운 배낭 안에 좋은 사람 하나쯤 챙길 수 있다.

그리고 반드시 '소속감'과 '자아실현'을 할 수 있는 다른 일을 찾아보자. 친구를 만나 밥을 먹어도 좋고 동네 수영장에서 잠수를 해도 좋고 스페인어를 배워도 좋다. 춤을 배워도 좋고 요리 강습을 받아도 좋다. 성당을 나가도 되고 소설을 써도 된다. 반드시 '나'를 위한 일을 하라. 리즈 위더스푼이 잽싸게 콘돔을 챙기듯 나를 위한 것을 챙겨라. 돈벌이의 긴 여정에서 이보다 더 중요한 것은 없다.

말로 합시다

그녀가 특별했던 것은 아니다.

지각을 하는 법도 없었고, 누군가에게 맡기기 애매한 일을 몇 번이나 기꺼이 떠맡기도 했다. 눈치가 빨라서 서류를 찾고 있으면 적어도 비슷한 종류의 것을 가져다주었고, 식당 메뉴를 정할 때도 고집을 부리지 않았다(나도 그런 일에는 고집이 없다. 맛있는 것은 퇴근하고 내 친구들이랑 먹을 거니까). 회식이나 야유회를 가서 뒤로 빼는 법도 별로 없었고, 좌우지간 시키는 일은 어떻게든 마무리를 지었다. 다른 신입들이 종종 훈계를 듣는 광경은 목격했지만 그녀가 혼나는 것을 본 적은 없었다.

선배인 우리끼리 하는 평판으로 그녀는 '괜찮은 애'였다. 그녀의 동기가 여섯쯤 되니 '괜찮고, 그냥 그렇고, 별로고' 하는 비교선에서 한참 앞쪽에 서 있는 셈이었다. 하지만 그것으로 끝일 뿐 그녀의 역량을 좋게 평가했다거나 그녀에게만 호의를 베풀었다거나 하지는 않았다. 그런 짓을 하기에 우리는 다들 낡았고, 바빴고, 지쳐 있었다.

덕분에 그녀가 동기들 사이에서 '열 받게' 만드는 사람으로, '화를 돋우는' 인물로 평가받고 있다는 사실에 내심 놀랐다. 한발 더 나아가서 왕따 취급을 받는다는 이야기를 듣고는 고개를 휘휘 내저었다. "한 사무실 사람들이 그래서는 안 되니 한 번쯤 모여서 의논해보라고, 동기 중 제일 나이 많은 녀석에게 말을 했는데 어떻게 될지 모르겠다"라며 이야기를 전해주던 사람이 말을 맺었다. 이래서야 옛날 이야기를 안 할 수가 없다.

내가 입사했을 때, 신입의 직무 중 하나는 사무실 컴퓨터를 켜는 일이었다. 컴퓨터 수가 많은 것도 아니었고, 전원을 누르고 다니면 될 뿐 일일이 뭔가를 입력해야 하는 일도 아니어서 어렵지는 않았다. 문제는 남들이 출근하기 전에 일이 끝나 있어야 한다는 점이었다. 2교대여서 출근 시간이 새벽 5시 30분 정도였는데, 그러려면 20~30분은 일찍 도착해야 했다. 달랑 하나 있는 동기는 다른 교대 조에 속해 있었기 때문에 일을 나눠 할 수도, 미룰 수도 없었다.

후배가 3명 들어오고 난 다음 일이 벌어졌다. 서너 번쯤 컴퓨터가 잠들어 있었던 것이다. 당연히 팀장은 팀원 전체에게 잔소리를 했다. 후배 3명의 안색은 하얗게 변했지만 컴퓨터의 부팅은 일주일 정도만 제시간에 이뤄졌을 뿐 이후로는 같은 일이 반복되었다. 켜지지 않은 컴퓨터를 째려보며 다시 팀장의 눈썹이 꿈틀거린 어느 새벽 이후, 나는 일 년 전 마음가짐으로 돌아가 출근과 동시에 전원 버튼을 누르기 시작했다.

한 달쯤 지나 선배 하나가 충고를 했다. 말하자면 내가 후배들 사이에서 '기피 인물'이 되었다는 것이었다. 자신들의 일을 내가 빼앗아 하고 있으니 본인들 입장이 옹색해졌으며, 윗사람들의 신임을 받기 위한 내 행동 때문에 자신들에게 불이익이 돌아간다는 이야기였다. 선배는 "따돌림을 받고 있으니 답답했을 텐데 이유라도 말해주는 것이 도리일 것 같아서"라는 말을 덧붙였다. 말을 전해준 것으로 판단하건대 선배는 그들의 입장에 동감하고 있었다.

결론부터 말하면, 나는 다음 날도, 그다음 날도 컴퓨터를 켰다. 다음 해 후배들이 들어와 제시간에 모든 일이 정리될 때까지 내 행동은 그대로였다. 남이 했어야 하는 일로(그러나 나도 할 수 있는 일) 출근하자마자 잔소리 듣는 일을 두 번 겪고 싶지 않았던 것이 제일 큰 이유였고, 성격이 띄엄띄엄해서 왕따를 당하든지 말든지 크게 괘념치 않았던 것이 두 번째 이유였다.

싸우거나 말다툼이 일어난 상황을 제외하고, 타인에게 화를 내거나 악감정을 가지게 되는 경우는 크게 두 가지다. 그냥 그렇거나('왜인지 모르겠지만 나 그 사람이 참 별로더라…' 같은 경우다. 이럴 때는 답이 없다), 상대방이 나의 기대와 다르게 움직였을 경우다.

약속한 2시까지 나온다고 생각하지 않았다면, 2시 30분까지 나타나지 않는 친구에게 화가 나지는 않는다. 아이가 시험을 90점은 받아올 것이라는 기대를 하지 않았다면 30점짜리 성적표를 내밀었을 때 화를 낼 일도 없다. 배우자가 술은 먹더라도 자정까지는 귀가하기를 기대하지 않았다면 그보다 조금 늦게 귀가했다고 싸울 일도 없다.

말하자면 상대방에게 화가 나는 것이 아니라, 나의 기대치와 다른 타인에게 화가 나는 것이다. 그 기대치가 어떤 경위로 만들어진 것인지, 그것을 만들기 위해 내가 무엇을 할 수 있는지는 모른다. 그저 내가 멋대로 그 기대치를 갖게 된 것이다.

내게 화를 냈던 그녀들도 기대치가 있었을 것이다. 그러나 그녀들의 기대치를 만족시키기 위해 자신들의 출근 시간을 조정해야 한다는 생각은 하지 않았다. 내가 그녀들과 어울렸던 기억이 전무한 것을 보면(보통 선배들이랑 부어라 마셔라 하고 살았다) 꽤 왕따를 당했던 것 같다. 야유회 장보기나 그 밖의 것들은 같이 해야 했는데, 그녀들이 알아서 나를 빼버리거나 제외시켰다. 내게는 그녀들과 즐거운 시간을 갖지 못하는 것보다 출근하자마자 떨어지는 팀장의 훈계가 더 싫었을 뿐이다. 다시 돌아간다고 해도 선택은 같다.

얼마 후, 부기가 빠지지 않은 눈으로 출근한 신입 사원을 보았다. 잠시 후 동기 중 한 명이 어색하게 그녀에게 커피를 내밀었고, 함께 자리를 비웠다. 창문 밖으로 건너편 옥상에 설치된 정원에서 웃으며 이야기하고 있는 그들의 모습이 보였다. 긴급 동기 모임이라도 있었던 모양이다. 그들이 어떤 결론에 도달했는지 잠시 궁금했지만 곧 잊었다. 나이를 먹으면 다 이렇게 된다.

무례함에 대처하는 자세

출근길에 미친 X을 만나 마음이 상했다는 부장님이 분노가 남아 있는 목소리로 사연을 들려주었다.

종점에서 광역버스를 타는데, 출근 시간이면 이미 빈자리가 몇 안 남는 상태가 된다고 했다. 당연히 다음 정거장에서 탑승하는 사람은 빈자리를 찾아 두리번거리거나, 심한 경우 탑승 거절을 당하기도 했다. 그런데 오늘 아침, 다음 정거장에서 버스 통로 들어선 중년 남자가 이렇게 말하더라는 것이다.

"에이 XX, 사람이 왜 이렇게 많아!"

혼잣말이라고 하기엔 목소리가 너무도 우렁찼고, 버스 내 승객들을 향한 말이라고 생각하기에는 도무지 이유가 타당하지 않았다. 버스에 먼저 탑승한 것이 아침부터 육두문자 섞인 욕을 먹을 만한 일은 아니었기 때문이다.

"한마디 해줄려고 했는데 다른 사람들이 다 가만히 있어서 참았다."

직원들은 분기탱천한 부장님께 '아마 다른 사람들은 귀에 뭔가를 꽂고 있어서 그 말 자체를 듣지 못했을 것'이라며, '들었다면 그들도 부장님처럼 화가 났을 것'이라고 위로했다. 그러면서 요즘은 뭔가를 듣기 위해 이어폰을 꽂는 것인지, 밖에서 들리는 소음을 차단하기 위해 또 다른 소리를 내 귀 안으로 넣는 것인지 알 수가 없다는 한탄을 이어 갔다.

한마디로 무례한 사람들이 넘쳐난다. 내 귀를 차단하지 않으면 타인이 보고 있는 핸드폰 속 드라마를 강제 청취하기도 해야 하고, 앞뒤 사정을 몽땅 이해할 수 있을 만큼의 통화 소리를 참아내야 한다. 그리 혼잡하지도 않은 길에서 몸을 부딪치고 눈길 한 번 없이 사라지는 인간을 봐야 할 때도 있고, 무심코 마트에서 집어든 마지막 남은 물건 때문에 큰소리를 들을 때도 있다(그럼 당신이 가져가라고 해도 이런 사람들은 막무가내로 소리부터 지르고 본다). "매너가 사람을 만든다(Manners maketh man)"라고 쿨하게 말하며 동네 양아치들을 우산 하나로 때려눕힌 〈킹스맨〉의 콜린 퍼스에 빙의하고 싶어지는 순간이 한두 번이 아니다.

참자니 몸 안에 사리가 생기는 것 같고, 참지 않자니 저렇게까지 행동하는 타인이 할 수 있는 비정상적인 다른 행동을 생각해 몸을 사리게 된다. 그러다 보니 자연스럽게 이어폰으로 귀를 막고, 핸드폰에 집중하여 눈을 막는 방법밖에 없다. 요즘 사람들은 버스나 지하철에서 핸드폰만 바라볼 뿐 아무도 타인에게 신경 쓰지 않는다는 말의 숨겨진 뜻은 '그저 내 한 몸이라도 어떻게든 지켜내겠다는 소극적인 방어 본능'이라고 나는 설명하고 싶다.

스쳐 지나가는 이의 무례함은 이렇게 나의 오감을 닫아버리는 것으로 최소한의 방어라도 할 수 있다. 그러나 회사에서도 가정에서도 비슷한 일은 일어난다. 이럴 경우는 정말이지 방법이 없다.

회사 생활 내내 수십 명의 팀장을 만났다. 그중에 '크렘린'이라는 별명을 가진 팀장과 3년 정도 일했다. 대부분 직장에 이런 상사 한 명쯤은 있을 것이다. 비밀스럽고 속을 알 수 없고 의뭉스러운 동료를 만나면 피하면 되지만 팀장의 경우는 방법이 없다.

인사도 잘 받지 않고, 일이 생겨 대면할 때면 눈길조차 주지 않았다. 그 당시 내 느낌으로는 '넌 내 시선을 받을 가치도 없어'

또는 '나는 네가 누구인지 몰라'라고 말하는 것 같았다. 와라, 가라 정도는 손가락 신호로 끝냈다. 내 인사 발령을 중간 관리자에게 전해 듣고 그 즉시 자리를 이동한 적도 있다. 한마디로 그 팀장은 무례함의 끝판왕이었다. 당시의 나는 거의 신입에 가까운 수준이어서 팀장의 행동에 숨 한 번 제대로 쉬지 못했고, 주위에 나와 비슷한 대접을 받는 사람들 역시 '원래 저런 사람이니 신경 쓰지 말라'는 말로 위로 아닌 위로를 건넸을 뿐이다.

회사에서 잘리지 않았기에 이후로도 많은 팀장과 동료들을 만났다. 기억에 남는 사람도 있고, 만나면 이름이 가물가물한 사람도 있다. 그러나 '크렘린'에 대해서만은 정확히 기억하고 있었다. 그의 무례함이 그리고 그것을 온몸으로 참아냈던 내 모자람이 기억을 온전히 붙들고 있었던 것이다. 무례함을 일상적으로 겪게 되면 내 안으로 깊숙히 들어앉게 된다. 자존감이 떨어짐은 말할 것도 없고, 잠에서 깨는 일 자체가 노동이 된다. 무례함을 시전한 쪽은 잘 사는데 당한 사람은 깊은 내상을 입는다.

나 역시 오랜 시간 사태 파악을 하지 못한 채 쩔쩔맸다. 계속 기분이 가라앉고, 무기력해지고, 식욕도 떨어지고, 출근하기도 무서운데 이유를 알 수가 없었다. 새 팀장이 와서 분위기가 바뀐 후에야 상황이 보였다. 문제는 이전 팀장이었지 내가 아니었다.

그의 무례함이 문제였지 나의 무능력(혹은 그가 나에게 함부로 할 수 있는 이유가 내 무능력함 때문이라고 생각하는 자격지심)이 문제가 아니었던 것이다.

문제를 알아낸 순간 내게는 두 가지 선택지가 남았다. 지하철의 내 모습처럼 나의 오감을 닫아걸 수도 있고, 무례함에 반응할 수도 있었다. 나는 후자를 선택했다. 물론 많은 사람들이 집이나 회사에서 전자의 모습을 택하는 것을 알고 있다. 그것은 그들의 잘못이 아니다.

지금은 납득이 안 되고 부당하다고 생각되는 일은 항의한다. 물론 처음부터 잘 되는 것은 아니다. 대본이 시꺼멓게 될 때까지 연습한다는 배우처럼, 그럴 상황이 생기면 일어날 수 있는 경우의 수를 생각하며 대처할 말들을 연습한다. 납득이 안 되는 상황을 논리적으로 설명해야지, 감정적으로 호소해서는 아무 의미가 없다. 나 역시 말보다 눈물이 먼저 나오는 성격이라 연습하면서 눈물을 다 빼놓지 않으면 막상 항의하는 도중에 눈물이 터질 수 있다. 항의와 눈물은 어울리지 않는다.

항의한다고 일이 내 맘대로 되는 것은 아니지만 상대는 나를 기억한다. 다음에 비슷한 일이 발생할 경우 이전처럼 부당하게 취급하지 못한다. 항의를 하고 나면 적어도 손가락으로 오라 가라 할 수는 없게 되는 것이다.

물론 불이익도 있다. 아무도 나를 착한 직원이나 좋은 사람이라고 말하지 않는다. 그래도 괜찮다. 착한 직원이 아무렇게나 대해도 참는 직원을 말하는 것이라면, 좋은 사람이 이렇게 해도 저렇게 해도 괜찮은 사람을 뜻하는 것이라면 그 호칭, 사양한다.

다행인 점은 주위에 무례하고 무매너인 사람들이 절대다수는 아니라는 점이다. 열에 일고여덟은 상식적이고 이해 가능하고 심지어 친절하다. 그러니까 나는 무례한 사람은 그것이 팀장이든 팀원이든 참지 않겠다는 선택을 한 것이지, 세상 모든 사람에게 까칠하게 굴겠다고 마음먹은 것은 아니다. 그리고 지금도 그 일곱 내지 여덟 명들과 함께 비교적 편안하게 살아가는 중이다.

10년 전쯤 우연히 공항에서 '크렘린'을 만났다. 커피를 주문하고 계산대 주위를 서성거리는 날 먼저 알아본 그가 아는 체를 했다. 심지어 반갑게 인사를 하며 손을 내미는 것이 아닌가. 속으로 '이게 미쳤나?' 하는 생각이 들었다. 그런 때 있지 않은가? 친구인 줄 알고 아는 척을 했는데 돌이켜보니 예전 애인이었던 그런 경우였을까? 그를 잠깐 쳐다보다 때마침 나온 커피를 받아 들고 가게를 나왔다. 아는 척을 하지 않았음은 물론이다. 예의도 매너도 받기에 합당한 사람이 따로 있다는 것이 내 생각이다.

당신 탓이 아닙니다

입사하고 몇 달쯤 지났을 때의 일이다.

근무를 마치고 마무리 회의를 하는데, 자리에 안 보이는 남자 선배가 출근하지 못한 이유에 관해 조장이 물었다. 내가 아는 것이라고는 선배가 갑자기 아파서 출근을 못 했고, 남은 사람들은 그만큼 업무량이 늘었으며, 덕분에 밥도 거른 채 바빠서 날뛰었다는 것뿐이었다.

"동료가 출근도 못 할 만큼 아픈데 어디가 아픈지, 병원은 갔는지, 밥은 챙겨 먹었는지 궁금해하지도 않는 게 사람이 할 도리냐?"

호통을 치는 통에 회의 분위기는 얼어붙었고, 선배를 데리고 병원에 다녀오라는 명령이 떨어졌을 때는 아무도 이의를 제기하지 않았다. 나 말고 남자 직원들도 있는데, 아무리 신입이라지만 그 일을 꼭 내가 해야 하냐는 볼멘소리조차 하지 못했다.

관리부서에서 알아낸 집 주소로 찾아가 문을 두드리자 퉁퉁 부은 얼굴의 선배가 문을 열어주었다. 아픈데 좀 내버려 두라는 선배의 등을 떠밀어 병원에 갔다. 아픈 사람은 너지만 혼나는 사람은 나라고 생각했던 것 같다.

병명은 풍진이었다. 면역력이 없다면 전염될 수도 있다. 전화로 보고하자 조장은 약 먹을 수 있게 밥을 챙겨주라는 말을 남긴 채 전화를 끊었다. 그 집까지 다시 쫓아가서 냄비 가득 죽을 만들어 놓고 나왔다.

아름다운 동료애인가? 그럴 리가. 선배가 아파서 회사에 나오지 못한 것을 제외하고 정상적인 것은 하나도 없었다.

우리는 교육과 관습에 길들여진다. 관련 정보가 없으면 없을수록 크게 영향을 받는다. 그날 조장은 나를 '교육'시킨 것이고, 우리의 '관습'은 이렇다고 각인시킨 것이다. 이런 조직에서 회식에 빠지는 것, 몸이 조금 안 좋아서 결근하는 것, 내 일은 벌써 끝났지만 아직 일하고 있는 동료를 두고 퇴근하는 일 같은 것은 상상할 수도 없다. 조직 자체가 커다란 유기체처럼 움직이는 셈이다. 한번 뿌리가 박히면 알면서도 고치기가 쉽지 않다.

이런 교육을 받고 자란 내가 지금은 3교대 근무를 한다. 야근은 밤 아홉 시에 시작되어서 오전 일곱 시에 끝난다. 낮 근무보다 업무 강도가 세면 셌지 덜하지는 않다. 일이 자신의 속도로 유유히 흘러가면, 투입된 인원이 그 기세에 맞춰야 하는 시스템이다. 주어진 시간에 일을 끝내지 못하면 사고로 이어진다. 남는 일이 없는 것은 좋은데 미뤄둘 수도 없는지라 늘 허덕거린다.

몇 년 전, 저녁 출근길에 교통사고가 났다. 강변북로에서 한강 다리로 연결되는 길에 차들이 막혀 서 있었는데, 뒤에 오던 차가 뻥 뚫린 자동차 전용 도로에서 달리던 기세 그대로 받아버렸다. 사고를 낸 차량은 보닛이 3분의 1쯤 사라졌고 견인차 없이는 움직일 수도 없었지만, 내 차는 뒤가 찌그러졌을 뿐 운전은 가능했다. 조사를 마치고 그 차를 운전해 회사에 갔다.

내가 출근하지 않으면 아래 직급이 퇴근을 못 하거나, 불려 나올 텐데 미안한 마음에 도저히 그럴 수가 없었다. 진통제를 먹고 쑤시는 몸을 달래며 일을 하고 응급실로 퇴근해서 그대로 입원했다. MRI까지 찍고 몇 달에 걸쳐 물리치료를 받았다. 경직이 한참 진행된 뒤에 와서 예후가 더 좋지 못하다며 의사가 타박할 때도 나는 그저 한숨만 쉬고 있었다. 정말이지 나보다 멍청한 사람은 본 적이 없다.

살아가면서 종종 사건 사고와 만난다. 연애를 시작하게 된 그 사람과 만나는 사건도 있겠으나 교통사고도 있고, 맹장이 터지기도 하고, 부모님이 돌아가시기도 한다. 우리의 생명이 붙어 있는 한 어쩔 수 없이 동반되는 크고 작은 일들이 있다.

당연히 회사는 그것까지 염두에 둔 인력 정책을 운영해야 한다. '사건 사고란 매우 드물게 일어나는 일이니 그때만 좀 더 짐을 나눠 집시다' 같은 마음가짐으로 운영하는 것은 동아리나 취미 모임에서나 할 소리다. 적절한 인력을 투입해서 생산성을 올리려는 기업이 가질 태도는 아니다. 동아리가 결과물 없이 몇 주쯤 흘러간들 별일이 일어나진 않지만, 기업이 결과물 없이 하루를 보내면 곧바로 실적에 반영된다.

정으로, 인간적인 의리로 할 일이 따로 있고, 규정과 절차에 따라 해야 하는 일이 따로 있다. 물론 기업의 입장에서는 인건비 이야기가 안 나올 수가 없다. 그러나 기계가 고장이 나면 고치는 동안은 쉴 수밖에 없다는 것을 알면서, 사람에게는 조금 아프거나 일이 생겨도 자리를 지키라고 하는 것은 억지다.

더욱 나쁜 것은 그 억지를 대부분 관리자급에서 부린다는 것이다. 그렇게 명시한 사규는 본 적이 없다. 관리자들의 재량으로 운영되며, 그 재량은 업무 능력으로 평가받는다. 어젯밤 응급실에 실려 갔으나 정신 차리자마자 출근했다며 약을 털어 넣는 사람과 근무 시간에 쓰러져서 앰뷸런스를 이용하는 사람들이 생겨나는 이유다. 돌아가면서 아이를 가져야 하는 것을 당연하게 여기고, 임신하면 권고사직을 당하는 이유다. 이제는 좀 바뀔 때도 됐다.

몇 달 전 출근길 회사 앞에서 또 교통사고를 당했다. 옆 차선의 덤프트럭이 보란 듯이 내 차 쪽으로 핸들을 돌려 버렸다. 신호 대기 직후였기 망정이지 달리는 중이었으면 이 글을 쓸 수도 없었을 것이다. 운전석 앞뒤가 모두 우그러져서 조수석 문을 통해 기어 나와야 했다. 미안하다며 연신 고개를 숙이는 트럭 운전사 옆에서 겨우 고개만 끄덕거리다 병원으로 갔다. 사무실에는 회사 문 앞에서 사고를 당했으니 알아서 처리하라고 전화로 통보했다.

출근을 못하는 것은 내가 맞지만 내 탓이 아니다. 아픈 것도 서러운데 그다음 일까지 신경 쓰게 하지는 말아줬으면 좋겠다는 말이다. 쉰다고 한들 내 연차로 처리된다는 것 다 알고 있다.

아프고 마음 허한 직장인들이여, 당신 탓이 아니다. 우리가 쉬고 싶을 때 쉬고, 충전하고 싶을 때는 충전할 수 있는 자유를 요구하자. 잘 될지는 모르겠지만 말이라도 해봐야 하는 것 아닌가.

괜찮다는 그 말은 이제 좀

오래전 일을 배울 때의 이야기다. 정년퇴직을 앞둔 실장님께서 차곡차곡 일을 알려주셨다. 목소리를 높이는 스타일도 아니었고, 강압적인 성격도 아니었다. 조금 빈정대는 것만 참으면 그럭저럭 잘 지낼 수 있겠다고 생각했다. 업무의 장점이자 단점은 혼자 일한다는 것이었는데, 교육이 끝나면 그야말로 혼자서 모든 일을 처리해야 했다. 장점은 잔소리하는 사람이 없다는 것이고, 단점은 일이 잘못되면 오롯이 내가 책임져야 한다는 것이었다.

일주일간 교육을 받았는데 업무 중에 한 달에 한 번 정도 해야 하는 일이 있었다. 당연히 교육 중에는 실습할 기회가 없어 구두로 "이건 이렇게, 저건 저렇게" 하라는 지시를 받았다. 다른 일은 할 만했는데 유독 그 업무만 운동화 속의 돌처럼 남아 있었다. 나로 말할 것 같으면 누구에게 물어 길을 찾는 것도 어려워하는 사람이다. 그런데 업무를, 그것도 누구에게도 물어볼 수 없는 상황에서 대략적인 설명만으로 처리해야 한다는 것이 심히 불안했다.

그 '돌' 같은 일은 혼자 일하고 일주일 정도 지난 후 찾아왔다. 야근을 마친 실장님이 퇴근 준비를 하시면서 "그 일 오늘 해야 하는데 자신 있지?"라고 물었다. 머리로는 교육 때 알려준 절차와 설명을 떠올리며 일감에 시선을 둔 채 "잘해보겠습니다"라고 대답했다. 코트를 입던 실장님이 손을 멈추고 물었다.

"지금 뭐라고 했냐?"

"일 잘못되지 않도록 열심히 하겠다고 말씀드렸습니다."

분위기 파악을 못 한 내가 대답했다.

"아니, 내가 자신 있냐고 물었잖아. 자신 있지?"

"해봐야 알겠지만 열심히 해보겠습니다."

실장님의 언성이 높아졌고, 퇴근도 미룬 채 30여 분간 야단을 맞았다.

며칠 뒤 남자 선배에게 실장님이 왜 그러셨는지 도저히 모르겠다며 하소연을 하자, 선배는 박장대소 후 이렇게 말했다.

"이 자식, 네가 군대를 안 다녀와서 그래. '자신 있다'고 하면 되지 뭐 그렇게 말이 길어?"

"아니, 안 하겠다는 것도 아니고 진짜 처음 하는 일이잖아요. 모르면 모른다고 해야지 어떻게 무턱대고 자신 있다고 말해?"

"자신 있다고 말도 못 해? 그게 어려워?"

"아니, 말이야 뭘 못 해. 그런데 일은 그게 아니잖아요."

"그 사람은 그 말이 듣고 싶었던 거야. '자신 있다' 그 말해주기가 그렇게 어려웠냐?"

선배와 나는 꽤 긴 시간 대화를 이어갈 수 있는 정도의 사이였는데, 그 문제만큼은 서로 꼬리를 흔드는 개와 고양이처럼 반응했다. 답답해하던 선배가 결론을 말했다.

"그러니까 그 양반은 '자신 있다'는 말을 듣고 편하게 퇴근하고 싶었던 거야."

"아니, 자기 마음 편하게 해주자고 못 하는 일을 자신 있다고 해?"

"아, 이 자식 말 안 통하네. 군대에선 다 그래."

군대는 뭐든 되는 마법 사회인지 모르겠지만 머글 사회에 사는 나로서는 전혀 납득이 되지 않았다.

며칠 전 새로 온 직원을 교육했다. 평생 처음으로 날밤을 새운다는 직원은 새벽 2~3시가 넘어가자 눈이 풀려가는 것이 보일 정도였다. "한 번 설명 듣고 일하겠냐" 하며 웃은 뒤 일단은 피곤해 보이니 잠깐 쉬었다고 오라고 말했다.

"괜찮습니다. 자신 있습니다."

빨갛게 핏발 선 눈을 부릅뜨며 그가 말했다.

"괜찮다는 말에는 크게 두 가지 의미가 있는데, 하나는 '좋다'는 거고 다른 하나는 '죽을 정도는 아니라'라는 것. 지금 괜찮다는 건 어느 쪽이에요? 딱히 좋아 보이지는 않는데. 그리고 자신이야 있겠지만 쉬고 나면 설명이 좀 더 이해되지 않겠어요?"

직원은 절반 남은 눈을 껌벅거리며 내 반응을 살폈다. 내 말에 숨은 저의 같은 것을 생각하는 눈치였는데, 별것 없다는 판단이 들었는지 곧 자리를 떴다 20여분 후 세수한 얼굴로 돌아왔다. 설명에 대한 반응이 한층 빨라졌음은 물론이다.

대화의 기본은 '정보의 교류'다. 답을 정해 놓고 요구해서야 애초에 성립되지 않는다. 이제 일을 가르쳐야 하는 입장에서 말하자면, '자신 있다'고 큰소리치는 사람보다는 여러 번 물어서 실수를 안 하는 쪽이 백번 낫다.

이유는 모르겠지만 요즘 들어 괜찮다는 대답을 많이 들었다.

"야근할 만해요?", "일 배우기 어때요?", "잘 지내지?", "이렇게 해줄까?" 상대와 질문은 다 달랐는데 대답은 같았다. 놀랄 일이다. 저 질문들에 대한 나의 대답은 다 다른데 다른 사람들은 다 괜찮고, 잘되고 있는 것 같다. 이러니 내가 제일 걱정이다.

퇴사 직전의 나를 잡은 세 가지

모든 일에는 이유가 있다. 비는 한랭전선과 온난전선 같은 난해한 작용의 결과물이고 눈은 거기에 기온이 결합된, 도무지 이해는 잘 안 되지만 그런가 보다 할 수밖에 없는 상황 때문이다. 그러니 투덜대면서도 직장을 계속 다니는 것에도 이유가 있다.

첫째는 사회생활 그 자체로 필요하다.

모르는 사람을 만나면 나라는 사람의 대략적인 정체에 대해 짧은 문장으로 표현하라는 요구를 받는다. 쉽게 말하면 이런 것이다.

"뭐 하시는 분이죠?"

"○○ 회사에 다녀요."

모범 답안이다. 추가 질문은 없다.

"글을 씁니다.", "여행을 다녀요.", "프리랜서입니다." 같은 대답도 있는데, 그 뒤에는 다시 질문이 붙는다. "무슨 책을 쓰셨어요?", "여행 작가세요?", "어떤 종류의 일을 하시죠?" 같은 것들이다. 작가와 여행자, 프리랜서를 흠집 내기 위한 말이 아니다. 그 사람들은 추가적인 질문에 분명 할 말이 있다. 하지만 그 질문이 돌아왔을 때 내가 할 대답은 마땅하지 않다.

돈벌이가 아닌 글을 쓰거나(내가 지금 하고 있는 일처럼), 책이나 유튜브를 제작하는 것도 아니면서 여행을 다니는 것을 납득시킬 방법이 없다. 소설을 한 편 썼다거나(비록 유명해지지 않아 1쇄만 찍고 그마저도 거의 다 내가 보관 중이라 하더라도), 음원을 냈거나, 단역으로라도 영화 크레디트에 이름을 올렸다면 좋았을 것이다. 아마 나는 '소설가'라는 명함을 만들고, '가수' 혹은 '배우'라고 떠들고 다녔을 것이다. 그런데 아쉽게도 내게 그런 재능은 없다.

무라카미 하루키의 수필 중에 이런 이야기가 나온다. 미국에서 부부 동반으로 파티에 참석하면 모든 사람들이 아내의 직업을 물었다는 것이다. "주부입니다"라고 대답하면 이상하다는 시선과 함께 진짜 직업은 무엇이냐는 질문이 끈질기게 이어졌다. 하우스 와이프라는 직업은 없기 때문이라고 작가는 이해했다. 할 수 없이 사진 찍는 것을 좋아하는 아내의 취미를 살려 포토그래퍼라고 하자 사람들은 만족한 듯 질문을 멈췄다.

《위스키 성지여행》은 하루키가 위스키의 성지인 스코틀랜드와 아일랜드를 여행하며 쓴 에세이로 사진이 듬뿍 들어가 있는데 "사진: 무라카미 요오코"라는 이름이 들어가 있다. "아내는 사진가입니다"라는 문장이 완성되는 순간이다. 재능도 없는데 남편조차 없는 나는 회사를 다닐 수밖에 없다.

직장을 다녀야 하는 두 번째 이유는 재직증명서 때문이다.

은행에서도, 관공서에서도, 차를 살 때도, 심지어 보험회사에서도 필요하다. 대출을 받으려면, 구청에서 뭔가를 신청하려면, 카드 하나를 발급받을 때도 재직증명서가 필요하다. 현대 사회는 신용으로 이루어져 있다는데 그 신용의 근간이 재직증명서라는 느낌이 들 정도다. 물론 일일이 화를 내기보다는 그저 조용히 출력해서 건네줄 뿐이지만 기분은 좋지 않다.

과외 선생님으로 내 연봉보다 몇 배를 버는 친구도 카드는 남편 이름으로 된 가족 카드를 쓴다. 카드 회사에 제출할 재직증명서가 없기 때문이다. 당연히 차도 남편 명의다. 대신 카드를 발급받아 줄 남편도 없는 나는 당장 회사를 때려치워, 말아 하다가도 일 년마다 도래하는 마이너스 통장 연장일을 떠올리며 분노를 삭인다.

세 번째는 위의 두 가지 이유보다는 훨씬 중요도가 떨어지긴 하지만 월급 때문이다.

입사를 하면 차부터 사라는 말이 있다. 할부금을 갚을 때까지는 퇴사 생각을 못 하게 된다는 의미다. 자발적 노예의 길로 가는 멋진 방법이다. 운전면허가 없는 사람에게는 명품 구입을 추천한다. 그다음은? 결혼하면 된다. 퇴사를 하려면 누군가의 허락이 필요해진다. 그다음엔 집을 사면 되겠지.

주택담보대출의 늪에 빠져보지 않고서는 인생의 쓴맛을 논할 수가 없다. 언젠가 지인의 집들이에서 축하의 말을 건네자, "흠… 화장실만 내 거고 나머지는 다 은행 거야"라는 대답이 돌아왔다.

비록 일 년 반의 경험이지만 자영업을 해 본 사람으로서 나는 사장님들을 존경한다. 하루 8시간, 주 5일, 40시간 일하는 자영업자는 없다. 물론 커다란 영업장을 가지고 많은 직원을 둔, 그래서 상대적으로 시간적 여유가 있는 자영업자도 있다. 그러나 그 정도의 사업 규모라면 자영업이 아니다. 한 달에 오만 원씩

펀드에 투자하는 사람과 사모펀드 하는 사람을 똑같이 펀드 하는 사람이라고 부르기는 좀 그렇지 않은가.

자영업은 나의 노동력을 투입해서 이윤을 내는 방법이다. 한 달 매출이 삼백만 원이든 오백만 원이든 거기에 나의 월급은 없다. 즉 내 노동이 오롯이 매출이라는 이름으로 잡히는 것이다. 가게 오픈 시간 대비 남은 돈을 산출해보면 대강 시급을 계산할 수 있다. 내 경험으로 말하자면, 열심히 노력하면 나 하나 먹고 사는 것은 해결할 수 있을 것 같다. 그러나 아이를 키우고 부모 님께 용돈을 드리는 삶은 불가능할 것이다. 내 '자영업력'으로는 그랬다. 훨씬 잘해 나가는 분들도 있겠지만. 아이를 키우는 동안 퇴사라는 말을 입에 올리지 말자고 결심한 이유다.

이런 과정을 거쳐 나는 25년째 직장을 다니고 있다. 좋은 소식 이 있다면 딸이 무럭무럭 자라고 있고, 곧 부양자의 의무에서 해 방될 수 있다는 희망이 보인다는 것이다. 또 아는가? 출간 작가 로 멋지게 성공해 퇴사를 앞당기게 될지.

너에게 배운 한 가지

수습 직원 명찰을 붙이고 첫 출근을 한 곳에는 팀장 및 간부급을 제외하고 6~7명의 동료가 있었는데 거의 다 내 또래였다. 주말도 없이 2교대로 근무를 하다 보니 모든 것이 무사태평한 날도 퇴근 즈음엔 다리에 쥐가 나기 일쑤였다. 문제는 그런 날보다는 한여름 태풍 같은 사건이 몰아치는 날이 더 많았다는 것이다. 오전 근무 퇴근 시간인 오후 두 시나, 저녁 근무 퇴근 시간인 오후 열한 시까지 밥 한술 못 뜨고 뛰어다니기 일쑤였다.

덕분에 퇴근 후에는 주린 배를 안고 출근자 전원 그대로 밥집으로 옮겨가는 일이 많았다. 반주로 시작해서 부어라 마셔라를 지나 노래방에 가는 것으로 끝이 났다. 딱히 우리 부서만 그런 것도 아니어서 근처의 술집들은 오픈 시간이 낮 12시일 정도였고, 저녁 먹을 때가 되면 다들 만취한 상태로 이 차, 삼 차로 옮겨가곤 했다. 이십 대의 젊은이들만 모여 있다 보니 어디선가 솔솔 연애 이야기도 풍겨 나와서 매일의 술판이 지루하지 않았다.

일 년쯤 그렇게 살다 보니 집과 사무실, 술집을 제외하고는 풍경 하나 떠오르지 않았고, 유니폼을 다시 맞춰야 하나 고민이 깊어질 정도로 살이 불어났다. 혹시나 싶어 사뒀던 영어책은 빳빳한 그대로 먼지가 쌓여 낡아졌고, 음악 한 곡 제대로 듣지 않아서 술집에서 나오던 유행가를 제외하면 그 시기에 머리에 남은 것이 없다.

내 것인 듯 내 것 아닌 내 것 같은 내 시간….

매우 긍정적으로 당시의 내 삶을 평가한다면, '이만하면 됐다'라고 생각했던 것 같다. 지금보다는 덜하지만 당시도 인문계 출신 여학생이 들어갈 회사는 그다지 많지 않았다. 대학 내내 학교 도서관과 어학원을 들락날락하며 입사 시험 준비를 했다. 회사에 들어오고 보니 그간의 모든 고생에 대한 합당한 결과를 얻은 느낌이 들었고, 급기야 회사에 적응하는 것이 최고의 미덕이라는 생각 속으로 빠져버렸던 것 같다. '나'라는 존재는 회사의 일부분이고, 내 모든 시간을 회사에 쏟아붓는 것 또한 당연하다고 믿었다.

일 년이 지난 어느 날, 회사 소식란을 훑다가 동료가 어학 자격을 획득한 것을 발견했다. 분명 그는 어젯밤부터 오늘 새벽까지 술을 마셨고, 그 전날도, 그 전전날도 비슷한 상태였다. 하지만 다시 생각해보니 그는 어젯밤 우리와 술을 마시기 시작했지만 자정이 넘어서는 속이 좋지 않다며 먼저 자리를 떴고, 그 전날은 술은 사양한 채 밥만 먹고 사라졌고, 그 전전날은 급한 일이 있다며 버스 정류장에서 황황히 손을 흔들었다.

새벽까지 마신 술이 확 깨는 느낌이었다. 모니터를 바라보며 지난 일 년 동안 나는 무엇을 한 것인가 생각했다. 어학 자격 자체가 대단한 것은 아니었다. 문제는 그는 뭔가를 하고 있었고, 나는 아무것도 하지 않았으며, 심지어 아무것도 하지 않는 것을 당연하다고 생각했다는 점이다. 그는 물의 흐름과는 상관없이 자신의 보폭대로 걷고 있었고, 나는 물을 만나 룰루랄라 기세 좋게 나를 떠메고 가라며 안겨버린 것이다.

그날 이후 조금 마음을 고쳐먹었다. 사내 연애 이야기는 흥미진진했지만 아무리 들어봐야 그들의 역사일 뿐 나와는 상관없었다. 일은 힘들고 고단했고, 그래서 함께 일한 사람들에게 위로를 받고 싶었지만 그런 것은 1절로 만족하고, 일찍 귀가해 책 한 페이지라도 읽기 시작했다. 영어는 재미없어서 하지 않았지만 시사 잡지 정기 구독을 시작했고, 다시 라디오를 듣고, 음악을 찾아 듣기 시작했다. 유니폼을 입고 숨 쉬기가 조금 편해졌고, 어제 뭘 했는지, 그전엔 무슨 일을 했는지 하나씩 기억이 쌓이기 시작했다.

책 한 페이지가 내 지적 능력에 얼마나 큰 도움이 되었겠는가. 한 챕터를 읽고 난 후에는 기억이 순식간에 삭제되어 처음부터 다시 읽어야 했던 적이 부지기수다. 하지만 하루 24시간 중 적어도 나를 위해 책을 읽는 5분은 오롯이 내 것이었다. 게으르게 이불 속에서 5분을 멍하게 있어도 괜찮았다. 그것이 '일어나기 싫어', '출근하기 싫어'와 병행한 것이 아니라 완전하게 나에게 속해 있는 시간이라면 말이다. 조금씩 5분을 10분으로 만들고, 그것을 몇 시간으로 만들어 가면서 24시간 중 내게 온전하게 속해 있는 시간을 확보하는 일이 중요하다는 것을 그 기간을 통해 배웠다.

덧붙이면 동료는 그때 딴 어학 자격증을 토대로 가장 먼저 승진했으나 곧 회사를 그만두었다. 미국 어디로 이민을 갔다는 이야기를 꽤 오래전에 들었고 그 후 소식은 모른다.

나는 그 부서에 2년 있었고, 다른 곳에 가서도 그때의 충격을 잊지 않았다. 어제도, 오늘도, 지금도 나는 그 5분을 좀 더 늘리기 위해 조금씩 내 길을 걸어가고 있다. 어쩌면 이 글을 쓰는 것 자체가 5분에 해당할지도 모른다.

3장

사랑할 시간도 필요합니다

봄은 벚꽃이다

한동안 연락이 뜸했던 친구의 차를 얻어 타고 안양천 길을 지나갔다. 길을 따라 흐드러진 벚꽃들 사이로 사진을 찍거나 웃거나 손을 잡고 걸어가는 사람들이 보였다. 이따금 부는 바람에 꽃잎이 차창 앞으로 유성우처럼 쏟아졌다.

"역시 봄이네. 일 년 내내 벚꽃이 피어 있으면 좋겠어."

친구가 제 몸 다음으로 차를 소중히 여긴다는 것을 알고 있던 나는 적당한 대답을 유보한 채 옆을 흘끔거리다 참지 못하고 물었다.

"비만 오면 쪼개진 스카치테이프처럼 차 위에 꽃잎이 덮일 텐데? 털어도 절대 안 떨어질 텐데?"

꽃 냄새를 맡고 싶었던지 친구는 창문을 내렸지만 매연 이외에 딱히 느껴지는 것은 없었다. 꽉 막힌 도로로 손을 내밀어 날리는 꽃잎을 잡던 친구가 말했다.

"피어 있으면 말야. 계속 활짝 피어 있으면 꽃잎이 안 떨어질 거 아냐."

"계속 피어 있으라고? 벚꽃더러? 일 년 내내? 너 도대체 벚꽃한테 무슨 짓을 하고 싶은 거냐."

친구는 낄낄거리며 창문을 닫았다. 차 안이 조용해짐과 동시에 친구의 말 속에 다른 뜻이 있음을 눈치챘다.

"너 또 연애하냐?"

"글쎄, 그러게. 그래야 하나?"

'친구'라는 관계로 있다 보면, 그것도 20년 정도 함께하다 보면, 적어도 과거사에 관해서는 정통하게 된다. 야사 수준의 은밀한 것까지야 알 수 없지만 국사 교과서 수준의 대략적인 과거는 또렷이 기억에 남는다. 친구의 연애는 짧았던 적도, 길게 지속된 적도 있었고, 라테 거품처럼 얕았던 사이도 있었고, 에스프레소 밑바닥처럼 뜨거웠던 관계도 있었다. 즉 친구의 인생에 많은 연애가 있었다는 말이다.

"이제는 연애가 가족 모임 같아."

새로운 연인이 가족처럼 친근하게 느껴진다는 것인지, 연애가 그다지 재미없다는 소리인지 짐작을 할 수가 없었던 이유로 묵묵히 다음 말을 기다렸다.

"가족 모임이라는 게 그렇잖아? 하긴 해야 하는데 가기는 귀찮고. 준비하려면 한숨 나오는데, 막상 시작하면 괜찮고. 얼굴보면 좋긴 한데 다들 돌아가고 나면 기운 빠지고. 연애가 그런 것 같아. 끝이 어떨지 너무 뻔하잖아. 누군가를 만나서 알아가고, 데이트하고, 그 과정에서 좋긴 하지만 감정적으로 소모되고. 얼마쯤 시간이 지나면 느슨해지고 헐거워지고 결국 어떻게든 끝이 나겠지."

"그럼 안 하면 되잖아. 자랑하는 것도 아니고…."

해를 향해 터질 듯 피어오른 벚꽃들과는 다르게 미세 먼지에 휩싸인 공기는 우중충했다.

"그래서 안 하고 싶은데… 걔를 보면 웃음이 나, 참 내. 분명 시시한 일이 벌어질 것 같은데 가슴이 또 떨리는 건 뭐냐."

그 말을 듣고 보니, 아닌 게 아니라 친구의 얼굴이 유난히 밝아 보였다. 며칠 시간을 내 집중 관리를 받은 것 마냥 피부마저

환해 보였다. 머릿속이 복잡하든 가슴이 답답하든 상관없이 이미 새로운 연애는 시작된 것이다.

영화 〈이보다 더 좋을 순 없다〉에서 잭 니콜슨이 연기한 남자 주인공은 유명한 로맨스 소설 작가다. 그러나 실생활에서 로맨스는 찾아볼 수 없고, 강박증이 있으며, 신경질적이고 다른 사람에게 비열한 독설을 퍼붓는다. 그가 단골 가게에 나타나면 모든 직원들이 슬금슬금 자리를 피할 정도다. 그런 그가 사랑에 빠진 후 여자 주인공에게 한 말은 로맨틱 코미디 영화의 최고 대사 중 하나로 남았다.

"당신은 내가 더 좋은 사람이 되고 싶게 만들어요(You make me wanna be a better man)."

많은 로맨틱 코미디 영화가 그렇듯 결말은 해피엔딩이다. 그리고 실제로 벌어진 일이라면 '대단히 높은 확률로' 언젠가는 헤어졌을 것이다. 친구의 말처럼 사랑의 끝은 대개 그러니까.

하지만 적어도 남자 주인공은 '더 나은 사람'이 어떤 사람인지 분명히 알게 되었다. 그리고 그것을 향해 조금이라도 노력하려는 마음을 갖게 되었다. 여주인공을 만나지 않았더라면 생기지 않았을 일이다. 그리고 아주 조금이라도 실행했다면 (영화에서 남자 주인공이 이웃집 남자의 개를 돌보는 것처럼) 그것은 그의 삶에 그대로 녹아들 것이다. 여자 주인공과 헤어진 다음에도 아마 개는 기꺼이 돌볼 줄 아는 사람으로 바뀌어 있지 않을까.

친구는 20년 동안 꽤 변했다. '사람은 바뀌지 않는다'는 원론적인 말에 충분히 공감하는 나지만, 친구의 경우를 보자면 많이 변했다는 것을 인정할 수밖에 없다. 일이 조금만 틀어져도 짜증을 내던 성마른 성미는 꽤 물렁해졌고, 누군가의 실수도 쉽사리 넘어가는 성격이 되었다.

실은 그날 친구를 만난 것도, 그 길을 달린 것도 전적으로 내 탓이었다. 얼마쯤 급전을 빌린 후에 빌렸다는 사실 자체를 까먹은 것이다. 이전이었다면 싫은 소리 몇 번은 들었을 일이었는데 의외로 친구는 내 말에 고개를 끄덕이고, 미안하니 밥이라도 사겠다는 말에 콧노래까지 흥얼대며 막힌 도로를 헤쳐나가고 있는 것이다.

"아무리 그래도 내내 벚꽃이 피어 있을 수는 없어. 그건 비자연적이고 부도덕한 일이야."

내 말에 친구는 킬킬거리며 물었다.

"누구인지 안 물어봐?"

"다른 사람의 봄을 시샘할 나이는 지났지. 난 그저 네가 조금이라도 더 재미있고 활기차게 살았으면 해. 그리고 어차피 사는 거 현재를 살아야 하지 않겠냐. 살다 보면 사랑은 지나가고, 꽃은 다 떨어지기야 하겠지만…."

철학자 비트겐슈타인은 "인간이 약하다는 건, 살아가며 받아들여야만 하는 고통을 스스로 받아들이려 하지 않는 것이다"라고 말했다. 봄꽃 같은 연애에도 반드시 따라오는 헤어짐이 있을 것이다. 그렇다고 미리 겁을 먹고 뒤로 물러설 수는 없지 않은가. 해피엔딩이 뻔한 로맨틱 코미디 영화도 늘 흥미진진하게 바라보는 우리이니 말이다.

고양이와 그녀와 나의 일요일

연락이 온 것은 모처럼 쉬는 일요일이었다. 주중과 주말, 밤낮 구별 없이 회사를 다니다 보면 밖에 사람이 많으면 주말, 한산하면 주중일 뿐 큰 의미는 없다. 대여섯 번 진동이 계속되도록 전화를 받지 않은 이유는 시간 때문이 아니라 그저 망설였기 때문이다.

친구의 연애는 5개월 전쯤 끝났다. 상대에게 얼마나 지극정성을 쏟았는지는 사연을 아는 대부분의 사람들이 "아, 글쎄, 그럴 만한 놈이 아니라니까"라고 말한 것을 보면 알 수 있다. 일곱 달쯤 모든 것을 들이붓고, 헤어졌다(그녀는 '헤어졌다'고 표현했고, 남들은 '차였다'로 받아들였다). 그리고 나를 포함한 주위 사람들은 하나둘 그녀와 연락을 끊었다. 나라를 구했다는 기쁜 소식도 하루 이틀이다. 매일 우울한 전화와 카톡 메시지를 주구장창 보내오는 것을 당해낼 재간이 없다. 한두 번이야 공감과 동정으로 받아줄 수 있지만 그 이상은 무리였다. 누가 뭐래도 우리는 십 대에서 너무 멀어진 것이다.

5개월이나 지났으니 이제 한 번쯤 더 들어줄 수도 있지, 라는 관대한 마음으로 나간 맥줏집에서 환하게 웃는 친구를 만났다. 저런 표정을 도대체 언제 보았던가 생각하는 사이 그녀가 말했다.

"언니, 나 오늘 소개팅했어."

이제는 밤마다 울지 않는지, 징글징글한 그놈은 잊었는지, 소개팅은 잘 됐는지 질문이 있긴 했는데 어디서부터 시작해야 할지 몰라 눈만 껌뻑이다 셔츠를 접어 올리는 팔에 시선이 꽂혔다.

"뭐야, 그 상처는. 이사라도 한 거야? 어디서 싸웠어?"

친구의 팔에는 꽤 많은 자잘한 상처가 있었다.

"아, 이거."

친구에게는 명절 때만 잠깐 얼굴을 대하는 남동생이 있다. 같은 서울에 살면서 어찌 저러나 싶을 만큼 데면데면한 사이였다.

'지랄 총량의 법칙'이 존재하듯 '애정 총량의 법칙'이란 것이 있어서, '도무지 싹수라고는 없는 남자 친구'들에게 애정을 주느라 가족에게 줄 마음 같은 것은 전혀 남아 있지 않은 것이 아닌가 의심스러울 정도였다.

"동생이 고양이를 키우고 있었는데 해외로 일 년 정도 나가게 됐다고 연락이 왔어."

친구는 미소를 지으며 핸드폰을 뒤적여 사진을 보여주었다. 두 달 전부터 함께 사는 고양이라고 했다.

"키우던 고양이를 맡아줄 정도의 사이였어?"

고양이 사진을 넘기느라 잔을 부딪칠 생각도 안 하는 친구를 내버려 둔 채 절반쯤 잔을 비우고 내가 물었다.

"아니, 그냥. 그냥 데려왔어. 동생이 갑자기 가게 됐는데 맡아줄 곳이 없다고. 내가 고양이를 키워봤어, 개를 키워봤어? 막무가내로 놓고 갔다니까."

출국 하루 전이어서 되돌릴 방법도 없었다고 친구는 웃었다.

다섯 살의 암컷이라는 고양이는 쉽게 마음을 열지 않았다. 친구 역시 처음이라 여러 가지로 서툴렀다. 고양이는 아주 느리게 다가왔다. 친구의 손이 닿지 않을 거리를 정확하게 유지했다. 만지는 것을 허락하는 데 삼 주 정도가 걸렸다.

"첫 달에만 돈을 얼마를 썼는지."

"알아, 알아. 네가 고양이한테 어떻게 했을지 눈에 훤해. 네 구 남친들한테 하는 것 반만 했어도 고양이는 고마워할 거다."

"그렇지도 않더라니까. 불러도 나오지도 않고. 본체만체하고. 나중에는 '내가 고양이까지 업신여길 만한 사람인가?' 하는 생각 까지 들더라고."

"워워, 너무 나갔네."

며칠 전, 친구가 퇴근 후 현관문을 열자 토악질을 하고 있는 고양이가 보였다고 한다. 두 번 생각할 겨를도 없이 고양이를 감 싸 안고 병원으로 뛰어갔다. 늦은 시간임에도 병원에는 꽤 많은 사람들이 있었는데 친구 눈에는 아무것도 보이지 않았다고 했 다. 누군가 말을 걸었지만 들리지도 않았다.

"장에 문제가 생겼다고 하더라. 잘 몰라서 사료를 이것저것 바 꿔 먹였는데 그러면 안 된다고 하더라고. 수액을 맞혀야 한대서 일단 집으로 왔어. 다 맞으면 전화를 해주기로 하고 말이야."

초조하게 기다리던 중 전화벨이 울렸다. 상대는 "나야"라고 말 했다. 헤어진 남자 친구였다.

"병원에 있었대. 여자 친구 개가 아팠다나 어쨌다나. 나를 보 고 아는 척을 했는데 내가 못 본 척했다는 거야. 그러면서 설마

아직도 안 괜찮은 거냐고 묻더라? 근데 내가 누구세요? 이런 거 있지? 당연히 병원 사람 전화라고 생각했는데 헛소리를 하는 거잖아. 잠깐 침묵하더니 정말 놀란 목소리로 '너, 정말 나를 잊었구나'라고 하면서 전화를 끊더라. 끊고 나서 기억났어. 아! 하고."

"와, 대박. 어떻게 그놈을 잊어? 그렇게 울고불고 난리를 쳐놓고?"

"내 말이. 걔가 없어서 세상이 사라질 것 같았는데, 정말 죽을 것 같았는데 말이야. 그런데 생각해보니 고양이 때문에 정신이 팔려서 두 달 정도는 한 번도 생각 안 하고 지나간 것 같아. 아, 나는 이제 괜찮구나, 하는 생각이 갑자기 들더라."

마취에서 덜 깬 고양이를 안고 집으로 돌아온 날, 처음으로 고양이는 그녀의 이불 속으로 들어와 옆에 누워 잠을 청했다.

"울 뻔했어, 나."

사랑은 다른 사랑으로 잊는 것일 뿐, 그 빛깔이 노란색인지 하늘색인지는 중요하지 않을지도 모른다. 불현듯 떠오른 생각에 몹시 당황하며 내가 물었다.

"설마 다 늘어난 추리닝 바람으로 뛴 건 아니지?"

"퇴근하면서 바로 갔다니까. 화장도 다 한 상태였지. 사실 전화 끊고 나도 그 생각했어."

함께 신나게 웃고 내가 물었다.

"그래서 소개팅도 한 거야? 괜찮았어? 누가 시켜준 거야?"

"뭐 좋은 사람이었어. 또 만날 것 같지는 않지만. 그런데 그게, 말도 안 되는 게…."

친구는 카운터에 빈 잔과 손가락 하나를 치켜들어 보인 후 말했다.

"동생이 기르던 고양이잖아. 그래서 사진 찍어서 카톡으로 보여주고 그랬거든. 아마 평생 했던 말보다 최근 한두 달 동안 떠든 게 백배는 많을 거야. 병원 갔다 온 거랑 이제는 같이 자는 거 뭐 그런 거 얘기하고. 그러다 동생이 해줬어. 소개팅. 웃기지?"

의외성이 없다면 사는 게 조금 더 짜증 날 수도 있다. 이렇게 해서 흥겨운 내 일요일 밤은 깊어만 갔다.

당신은 어떤 취향을 가지고 있나요?

딸은 토마토를 먹지 않는다. 토마토소스로 만든 스파게티는 고개를 파묻은 채 흡입하고, 토마토소스가 올라간 피자도 언제나 환영이며, 감자튀김엔 꼭 케첩이 있어야 하지만, 생토마토만은 먹지 않는다. 그래서 배달 앱의 특이 사항 칸에는 "햄버거는 토마토를 빼주세요"라는 문구가 저장되어 있다. 이유는 본인도 모른다. 어렸을 때 토마토를 먹고 탈이 났다거나 한 적도 없다. 유치원생이 콩밥을 싫어하듯 생토마토를 질색할 뿐이다. 우아한 브런치 전문점에서 비닐처럼 얇게 썰어 넣은 토마토를 빼내겠다며 샌드위치 사이를 손가락으로 쿡쿡 찌르고 있는 걸 볼 때면 나 혼자 도망쳐 버릴까 하는 생각이 든다.

말하자면 딸은 토마토에 관한 확고한 취향을 가지고 있다. 세상의 다양함에 비하면 음식에 대한 취향은 작은 부분처럼 보이기도 한다. 그러나 음식이건 사람이건 우리는 모두 자신의 취향을 가지고 있다. 이유는 없다. 그런 취향을 타고났을 뿐이다. 인정하고 싶지 않겠지만, 누구나 한번쯤은 이런 생각을 해 본 적이 있을 것이다. 대개 연애가 끝나갈 무렵으로 "내가 어쩌다가 저런 인간을 좋아하게 되었지?"라는 생각인데, 상대방이 지닌 알 수 없는 요소가 나의 취향을 저격했기 때문일 것이다. 뭉근히 끓인 토마토소스처럼 말이다.

싸늘하게 식은 연애를 앞에 두고 '전생의 악연'이라고 말하는 사람을 본 적도 있다. 전생까지 들먹이기 시작하면 더 이상 할 말은 없지만, 과거의 요소가 취향에 영향을 주는 것은 맞는 것 같다. 즉 우리의 취향이란 뿌리 깊게 박혀 있으며, 잊힌 유물처럼 언젠가는 건져 올려지기를 기다리는 형체 모를 것이다. 온전히 그것을 발견할 수 있는 사람은 자신뿐이다. 제발 혈액형 같은 것은 들먹이지 말자. 별점을 보고 사주를 본들 그들이 나의 특성에 대해 낱낱이 알려줄 수는 없다. 아무리 정확하다고 해도 확률의 문제일 뿐이기 때문이다. 나와 똑같은 사람은 어디에도 없다.

다른 사람과 만날 결심을 하기 전에 내가 어떤 사람인지, 나는 무엇을 좋아하고 싫어하는지 정도는 알고 시작하는 것이 좋다. 연애란 두 사람의 일이라 한쪽이 관계의 일방적인 시작과 끝을 정하기가 매우 난감하다. 시작하기 전에 가능하면 자신의 취향을 알고, 일이 잘못될 조짐이 보이면 황급히 발을 빼는 것이 중요하다. 그렇지 않으면 홍수에 휩쓸려 가는 가여운 소처럼 어딘가의 지붕 위로 정처 없이 흘러가 버릴 수도 있다.

이십 대에 사귀었던 남자는 말수가 적고 점잖은 편이었는데, 인문학적으로 상당한(그래봐야 당시의 나보다 그랬다는 것이지만) 지식을 가지고 있었다. 알고 싶은 분야를 말하면 그 자리에서 참고할 책의 목록이 술술 흘러 나왔다. 가지고 있는 책 중 몇 권을 주기도 했는데 자신은 이미 다 읽은 것이라 소장할 필요가 없다고 했다. 노래도 곧잘 했고, 농구는 수준급이었다. 말하자면 그는 '멋진 남자'였다.

들이댄 쪽은 나였다. 먼저 연락을 하고 약속을 잡았다. 그는 못이기는 척 끌려왔다. 함께 책을 읽고 수다를 떨고 노래방에 가고 밥을 먹었다. 함께 나눌 주제가 있으면 분위기는 금방 달아오른다. 몇 주가 지나지 않아 우리는 특별한 사이가 됐다.

그가 스킨십을 과하게 좋아한다는 것을 안 것은 그 즈음이었다. 한시도 나를 가만히 두려고 하지 않았다. 길을 걸을 때 안고 있는 것은 당연했고, 카페에 앉아 있을 때도, 술을 마실 때도 그의 손은 내 몸 어딘가에 있었다. 심지어 그의 친구들을 만나는 자리에서도 그랬다. 고백하지만 나는 스킨십을 싫어하지 않는다. 정직하게 말하면 상당히 좋아하는 편이다.

하지만 개방된 공간에서 시도 때도 없이 다가오는 손길은 난감했다. 싫다고 말을 한 적도 있다. 그럴 때면 그는 소심해지고 풀이 죽었다. 그리고 그것을 '애정이 식었기 때문에 하는' 반응으로 받아 들였다. 비슷한 상황은 떨어져 있을 때도 생겼다. 각자 집으로 돌아가면 잠들기 전까지 통화를 하게 마련인데, 그는 샤워를 하는 과정이라든가, 현재 자신의 몸 상태, 옷을 입었는지 벗었는지 따위를 떠들기 좋아했다. 대화 중에 수화기를 귀에서 뗀 적도 있다.

그에게 화를 낼 수는 없었다. 대신 기분이 상하지 않도록 단어를 고르며 말했다. 정색한 쪽은 상대였다. 애인끼리는 성적인 말과 행동을 받아들여야 하는 게 아니냐는 것이었다. 폭력을 사용한 것도 아니다. 그는 다른 커플들도 이런 과정을 겪는다고 말했다. 그럴 때마다 할 말이 없어진 쪽은 나였다. 목에 가시가 걸린

것 같은 상태로 상당 시간 질질 끌려다녔다

다른 커플들 사정은 지금도 모른다. 내가 참을 수 없었던 부분을 제외하고 봤을 때, 그는 괜찮은 사람이었다. 이십 대로는 드물게 차를 가지고 있어 데이트를 할 때마다 몸이 편하고, 유머 코드도 맞는 데다가 지적인 대화까지 할 수 있는 훌륭한 상대였지만 아닌 것은 아닌 것이다. 나는 그가 가진 어떤 부분을 도저히 받아들일 수 없었다. 내게 섹스란 '두 사람의 마음이 맞았을 때, 개인적인 친밀감을 가지고, 둘만의 공간에서 하는 것'이다. 섹스나 스킨십에 대한 내 취향은 그런 것이었고, 연애를 하면서도 그 부분은 양보할 수 없었다.

인간의 취향이란 꽤 확고하고 단단한 것이어서 내가 되었든 상대가 되었든 간단히 불만을 제기하고 불평한다고 변하지 않는다. 생활에 문제가 생겨서 전문가의 도움을 받는 지경에 이르러서도 잘 고쳐지지 않는 경우도 많이 봤다. 그러니 연애를 시작할 때 '이 부분은 좋고, 저 부분도 좋지만 요것 하나가 마음에 들지 않아'라는 생각이 든다면 고민해봐야 한다. 마음에 들지 않는 그 부분이 내 취향과 그리 어긋나지 않아 잠시 눈살을 찌푸릴 정도라면 괜찮지만, 내 경우처럼 도저히 맞춰갈 수 없는 부분이라면 곤란하다.

물론 하나부터 열까지 나와 딱 맞는 상대를 만나는 경우는 드라마에서나 나온다. 현실에서 할 수 있는 일이란 참을 수 없는 부분과 견딜 만한 단점을 나눈 후 최대한 내 취향에 근접한 사람을 찾는 정도다. 인간이란 혼자서는 산소 한 모금 만들지 못한다. 그런 두 사람이 만나 상대에게 힘을 주고, 결혼해 가정을 꾸리고, 더 나아가 인류도 구하는 것이 사랑이다. 그러니 기운 내서 다시 연애를 시작하자. 내 취향은 시험지 족보처럼 손에 꼭 쥔 채 상대를 탐문하자. 어쩌면 생각보다 근사한 상대를 만나게 될 지도 모른다.

그런데 나의 근사한 상대는 도대체 어디 있는 것일까? 그것도 모르면서 떠들고 있는 내가 정말 걱정이긴 하다.

연애는 어른의 일

한동안 가을을 탔다.

추위는 잘 견디는데 더위만 만나면 백전백패였다. '더운가?'라는 느낌이 들면 입맛부터 떨어지고, 한두 번 식사를 거르면 체력은 바닥을 쳤다. 타고난 체질은 어쩔 수 없나 보다. 낮에는 땅에 떨어진 피자처럼 바닥에 붙어 있다가 해가 지고 나면 맥주로 허기를 채우곤 했다. 말하자면 여름에는 종교와는 전혀 상관없는 강제 라마단 기간이 시작된다.

저녁 공기에 시원함이 스며들고, 나뭇잎 사이로 쏟아지는 햇

살이 견딜 만해지면 상황은 급변했다. 기분은 발아래까지 떨어지고 감정 기복도 심해졌다. 다른 일을 하다가 문득 울고 있는 스스로를 발견하는 일이 거의 매일 이어졌다. 그럴 때마다 술을 마셨고 기분은 더 땅속까지 추락했다. 달력을 보면 어김없이 10월이었다.

오빠가 죽은 해부터 대략 20년 동안이다. 좋아서 그렇게 지낸 것이 아니다. 계절이 바뀌면 자연스럽게 몸이 반응했다. 설명하자면 오빠의 죽음을 떠올릴 만한 조그만 징후라도 보이면, 나는 나라는 인간의 한 부분도 참을 수가 없었던 것 같다. '버림받은 사람'의 상태는 대개 비슷하다. '오빠가 죽은 것'과 '나를 버린 것'과는 실제로는 아무 관련이 없지만, 남겨진 사람의 상처란 안으로 파고드는 법이다. 굳이 모든 잘못을 자신의 탓으로 돌리게 된다. 이유를 물어볼 상대가 이미 사라졌기 때문이다.

그러니 그 가을, 내가 말도 안 되는 상대와 사랑에 빠진 것은 전적으로 내 탓이었다.

그를 만난 것은 10월이었다. 도서관에 앉아 있다 울음이 터졌다. 토익책을 보고 있었는지 입사 시험 대비 상식 책이었는지도 모르겠다. 즉 하고 있던 일과 눈물과는 관련이 없었다는 뜻이다. 이어폰을 타고 흘러나온 노래 때문이었을 수도 있고, 불쑥 떠오른 기억이 문제였을 수도 있다. 아무튼 나는 울고 있었다.

흐느낌을 참으며 도서관 문을 향해 뛰어갈 때 그와 마주쳤다. 오빠와 나이가 같은, 얼굴만 아는 선배였다. 대충 고개를 숙여 인사 비슷한 것을 하고 그를 지나쳐 도서관 밖으로 뛰쳐나갔다. 벤치에 앉아 울고 있을 때 그가 옆에 앉았다. 왜냐고는 묻지 않았다. 울음이 그치기를 기다려 괜찮은지 물었다. 괜찮을 리가 없다. 한낮의 쨍쨍함이 사라지고 막 어스름이 몰려오는 시간이었다. 그는 뭐라도 사주겠다며 자리에서 일어섰다.

학교 앞 맥줏집에서 나는 떠들기 시작했다. 오빠에게 무슨 일이 있었는지, 그 일이 내게 어떤 의미였는지 허겁지겁 쏟아냈다. 무슨 내용을 떠들었던 공기 반 울음 반이었다. 지금 돌이켜 보면 그는 내 말의 삼 분의 일도 제대로 알아듣지 못했을 것이다. 그렇게 울음을 섞어 하는 말은 매일 보는 내 자식이 해도 알아듣기 힘들다. '그만 뚝하고 다시 말해 봐'라고 말하고 싶어진다. 그러나 그는 내 이야기에 고개를 끄덕이고 간간이 내 등을 쓰다듬어 주었다. 2시간 후, 나는 사랑에 빠졌다.

당시의 나는 엉망으로 갈라진 플라스틱 껍질 같은 것에 둘러싸인 상태였다. 나를 둘러싼, 제법 단단하다고 생각했던 세계가 어이없이 무너져버렸던 것이다. 갈라진 틈 사이로 산소는 빠져

나가는 중이었고 뿌옇게 흐려진 시야로는 모든 것이 일그러져 보였다. 그런 내게 누군가 손을 내민 것이다. 손의 주인에 대해 생각할 여유는 없었다. 나는 힘껏 움켜쥐었다.

선배는 상냥하고 말수가 적었으며 내 이야기를 주의 깊게 들어주었다. 만나지 못하는 날에는 늦은 밤까지 통화가 이어졌다. 내 부모님의 생일까지 챙겼고 가족 모임에도 얼굴을 내밀었다. 취업을 계획하는 나와 달리 대학원 진학을 목표로 하고 있어서 전공 시험 전에는 함께 공부하며 도움을 받기도 했다. 그를 만난 지 한 달도 되지 않아 학교 일이든 집안일이든 나는 그의 의견을 묻지 않고서는 아무것도 결정하지 못하는 사람이 되어 있었다.

5개월 후, 그는 대학원에 입학했고 4학년이 된 나는 본격적인 취업 준비를 시작했다. 2학기가 시작된 후 수십 개의 입사 원서만큼 필기시험과 면접이 이어졌다. 얼굴을 못 보는 경우가 많아졌고 그런 밤이면 전화를 붙들고 하소연을 했다. 그는 "취업이 어떤 것인지 몰라 해줄 말은 없지만…"이라며 말끝을 흐렸다. "그건 나도 알지만 오빠밖에 없어서"라고 말하며 내 목소리는 작아졌다. 전화가 끊어진 것이 아닌지 확인하기 위해 "여보세요"를 말하는 일이 가끔 생겼다. 회사 합격 소식을 가장 먼저 들은 사람도 그였다. 더 이상 면접을 보러 가지 않아도 된다며 주말에 시간이 있다고 말하자 그는 대학원 동기들과 3박 4일의 짧은 여행을 떠날 예정이라고 말했다. 축하한다는 말은 잊지 않았다.

대학원에 입학한 친구에게 연락이 온 것은 그즈음이었다. "선배와는 잘 지내고 있어?"라며 말문을 연 친구는 지난 주말 선배가 어디에 있었는지 아느냐고 물었다. 대학원 동기들과 여행을 다녀왔다고 말하자 친구는 고개를 저었다. 선배에게는 벌써 일년 이상 사귄 여자 친구가 있다고 했다. 선배와 여자 친구는 교수들도 모두 알 만큼 유명한 커플이라고 했다.

"내가 어쩌다 그 언니랑 친해졌거든. 그 커플, 저번 주에 제주도에 다녀왔어. 그리고 선배는 저번 학기만 다니고 휴학 중이래. 취업하고 두 사람 결혼한다고 하던데, 너 정말 몰랐어?"

나는 친구의 말을 믿지 않았다. 사실을 확인하기 위해 그를 만나러 가는 길은 마치 두 다리가 사라진 느낌이었다. 두서없는 내 질문을 들은 그는 귀찮다는 표정과 함께 한숨을 쉰 후, "사실대로 말하면 네가 버텨낼 수 없을 것 같아서"라고 말했다. "이제 나도 지쳤어"라는 말도 덧붙였다. "일 년 동안이나 다른 사람을 만났다면서 그게 지금 할 소리야?"라는 내 질문에는 아무 대답도 하지 않았다.

"넌 언제나 너만 중요하잖아. 내가 뭘 생각하는지, 어떤 상태인지는 궁금하지도 않잖아. 일 년이나 다른 사람을 만났는데 눈치도 못 챘다면, 너에게도 문제가 있는 것 아니야?"

그가 마지막으로 뱉은 말이 깨진 유리창 조각처럼 가슴으로 파고들었다. 관계가 어긋난 모든 책임이 나에게 있다고 그는 말하고 있었다. 나는 한마디도 하지 못한 채 입을 다물었다.

일 년 반 정도 이어졌던 그와의 연애를 되돌아볼 때까지 딱 그만큼의 시간이 더 필요했다. 문제의 중심에서 걸어 나와 상황을 제대로 보는 일은 생각만큼 쉽지 않다. 물론 그냥 묻어둘 수도 있다. 그러나 감춰둔 문제는 언젠가 신발 밑창을 파고드는 쇠붙이처럼 치명적으로 상황을 악화시킬 수 있다. 당시의 내가 그래서, 더 이상 타인을 믿거나 사랑에 빠지는 일은 없을 것이라는 강한 혐오감에 휩싸이게 되었다. 뾰족한 문제 위에 임시로 덮어둔 지저분한 천 조각들을 들춰내 과연 무슨 상황이 벌어졌던 것인지 적극적으로 들여다보기 전까지는 그랬다.

헤어질 때 그는 내게 그렇게 말하면 안 되는 거였다. 정직하게 '너에게 더 이상 관심 없어'라고 말했어야 했다. 그리고 하나 더, 당시의 나는 사랑에 빠져서는 안 되는 사람이었다. 연애란 완벽하게 독립한 개체와 다른 개체가 만나는 일이다. 한쪽이 다른 쪽에 무작정 기대서야 애초에 성립할 수 없는 것이 연애다.

인간이란 어떤 의미로건 외롭다. 자신의 인생도 책임지기가 버겁다. 하물며 이십 대 초반이다. 그런 상태에서 무작정 기대는 상대를 버틸 수 있는 사람은 많지 않다. 삼십 대가 되면 인생이 단단해질까? 사십이 넘은 내가 힌트를 주자면, 어림없다. 지금도 어렵다. 언제나 미래는 잘 모르겠고, 자신 없고, 잠깐 한눈을 판 사이 남루한 골짜기로 떨어질 것 같은 예감이 든다. 결혼에 돈이나 든든한 직장, 좋은 환경 같은 조건을 거는 이유도 그것 때문이다. 나보다 능력 있는 상대를 선택함으로써 내 짐을 나누고 싶은 것이다.

하지만 서로 자신의 짐을 나눠주려고 해봐야 즐거운 결과는 생기지 않는다. 자신의 삶 정도는 자기가 책임지고, 가능하다면 상대의 짐을 조금 나누겠다는 마음이 없다면 시작하면 안 되는 것이 연애다. 즉 연애란 '성숙한 어른들이 할 수 있는 일'이다. 잘 보이지 않는 어두운 미래를 걸어가면서 상대의 손을 잡고, 필요하다면 내 가방에 겨우 챙긴 비상식량을 나눌 마음이 없다면 연애를 시작해서는 안 된다. 아무런 준비도 없이, 상대가 나보다 나을 것이라는 믿음만 가지고 어두운 곳에 떨어지면 아무 곳으로도 갈 수 없을뿐더러 원망하는 마음만 남는다.

객관적으로 떠올려 봐도 그는 충분히 나빴다. 감정 기복이 심하거나 심리적 약점을 노출하는 상대에게 다가가는 것은 좋게 말해봐야 쓰레기 같은 짓이다. 하지만 내게도 잘못은 많다. 그런 연애는 애초에 시작하면 안 되었다. 그가 어떻게 살고 있는지는 모른다. 사귀던 사람과 결혼했다는 소식을 전해 들은 것이 마지막이다.

2년 뒤 깔끔한 정리 후 내 연애는 이어지고 있다. 혐오감 같은 것은 없다. 연애의 책임이란 반반이다. 그가 전적으로 잘못한 것도 내가 나쁜 것도 아니다. 어른이 자신의 삶을 사는 와중에 조금 남는 기운으로 나누는 것이 연애고 사랑이다.

나쁜 연애는 있어도 몹쓸 과거는 없다

이혼하겠다는 마음을 먹었지만 막상 그 말을 입 밖으로 꺼내기까지는 4년이 걸렸다. 이혼은 내 선택이지만, 딸에게는 아버지를 빼앗는 문제일 수도 있다는 생각이 들었기 때문이다. 하지만 나라는 인간이 발휘할 수 있는 인내심은 딱 4년이 한계였다.

이혼하자는 말을 하고 서류가 정리될 때까지 또 6개월이 걸렸다. 내가 이혼한 2000년대 초반에는 '이혼 숙려 제도'라는 것도 없었다. 그래서 두 사람이 법원에 가기만 하면 한 번에 일이 해결됐다. 그런데도 6개월이란 시간이 필요했다.

결혼할 때는 주위 사람들의 축하를 받는다. 축의금이라는 형태로 오기도 하고 선물로 도착하기도 한다. 말만 번지르르한 경우도 있긴 하지만 적어도 나쁜 말을 하는 사람은 없다. 기를 꺾거나 기운을 빼려는 시도도 없다. 앞으로는 환희에 찬 미래가 올 것이고 마땅히 감당할 수 있는 아름다운 일들만 펼쳐질 것이라는 멘트가 여기저기서 쏟아진다. 세상 모두가 내 편이다.

이혼할 때는 그때 받은 축하의 두께만큼 시련이 찾아온다. 주위의 시선이 차가워지는 것은 물론이고 부모조차 고운 말을 해주지 않는다. 말하자면 세상 모두가 한꺼번에 내게 등을 돌린다. 처음 '이혼하겠다'는 말을 했을 때 제발 어머니가 내게 하지 말아줬으면 하고 속으로 빌었던 대답이 있었다.

"네가 이혼하면 내가 창피해서 친척들 얼굴을 어떻게 보니?"

이혼하는 사람은 나인데 어머니가 그렇게 심각한 얼굴을 할 일이라면 내 걱정을 먼저 해줘야 하는 것 아닐까? 땅에 엎어진 사람은 난데 구경하고 있는 사람들 시선부터 걱정할 일은 아니지 않은가. 하지만 나는 아무 말도 하지 못했다. 17년 전 일이다.

그랬으니 이혼한 후의 내 자존감은 흔적도 찾기 힘들게 되었다. 세상을 적으로 상대하고도 씩씩한 사람은 볼드모트 정도다. 볼드모트에게는 말은 못 해도 마음으로 따르는 추종자라도 있었다. 그런 사람 하나 없는 나는 점점 작아져 갔다. 직장에서의 스트레스, 아이에 대한 미안함, 어머니의 눈치까지 신경 쓸 것은 많았고 마음대로 되는 일은 없었다.

한참의 시간이 흐른 뒤, 어머니의 화도 좀 누그러져서 내가 '외출'이라는 것을 할 수 있게 되었을 때였다. 홍대 근처 막걸릿집에서 열린 선배의 모임에 따라갔다 그를 만났다. 나보다 나이가 두 살 어린 싱글이었다. 그는 내가 어쩌다 그 자리에 끼게 된 것인지 자초지종을 듣고 나더니 말을 시작했다. 마르고, 키가 작고, 목소리가 가는 남자였다. 테이블 위에 올려놓은 손가락은 한없이 길었다.

통역 일을 한다는 그는 꽤 재미있게 말할 줄 아는 사람이었다. 그는 내게 만나는 사람이 있느냐고 물었고 나는 이혼했고 아이가 있다고 대답했다. 그가 말했다.

"난 또 선배와 사귀시는 분인가 했어요."

우주가 빅뱅 이전으로 되돌아가도 선배와 엮일 일은 없다고 대답해주었다. 진심이었다. 그는 웃었고, 얼마 전 끝난 연애 이야기를 들려주었다.

"세상, 마음대로 안 되는 것 같아요. 정말 좋은 사람이었는데 말이에요."

그리고는 곧 보름 정도 해외 출장을 갈 것이라고 말했다. 내가 가본 적 있는 도시였기 때문에 맛집이며 근처 관광지에 대해 이야기를 나눴다.

나를 데려간 선배는 맥주라면 날이 샐 때까지 마실 수 있지만, 그 외의 주종에는 어느 틈엔가 정신을 잃어버리는 남자였다. 소주 석 잔 정도면 파출소로 먼저 데려가는 것이 편한 사람이었다. 그날 막걸리를 얼마나 마셨는지는 알 수 없지만 모임이 끝날 때 선배 혼자 걸을 수 없는 것은 확실했다. 어머니의 눈치를 보고 있는 상황이라 선배의 귀가까지 챙길 여유는 없었다. 그는 흔쾌히 선배를 집까지 데려다주고 보고하겠으니 전화번호를 알려 달라고 말했다.

출장지에서 그는 내게 연락을 했다. 전에 알려줬던 가게와 관광지의 이름을 확인시켜 주었다. 다음 전화에서는 그 장소들이 어떻게 변했는지 전해주었다. 가끔 아주 늦은 시간에 전화가 오기도 했다. 그와 나는 다른 시차 속에서 살고 있었다. 그런 것은 이해할 만한 일이다, 나는 그렇게 말했다.

한 달 후 만난 그가 사귀자는 말을 꺼냈을 때 나는 이렇게 물었다.

"왜? 나 같은 사람을?"

"네가 뭐 어떤데?"

"정말 아무것도 몰랐단 말이야?"

그가 헤어진 여자 친구에 대해 말한 것은 새로운 연애를 시작하기 전 내게 보인 예의라고 했다. 출장지에서 이것저것 물은 이유는 그저 전화를 걸 핑계였을 뿐이다.

"아니, 그런 것도 말을 해줘야 알아?"

지금이라면 알 수 있을지도 모른다. 모든 일을 설명해줘야만 알아들을 정도로 꽉 막힌 사람은 아니지만, 그때의 나는 물기라고는 한 방울도 없이 사막에 쓰러진 사람 같은 꼴이었다. 눈앞에 오아시스를 가리켜도 '저건 신기루일 거야'라며 먼저 고개를 돌릴 정도로 마음이 약해져 있었다. 그는 내게 '정말이야'라며 물방울을 손에 떨어뜨려 준 것이다. 내가 물을 마실 자격 정도는 있다고, 그럴 만한 사람이라고 말이다.

그와는 6개월쯤 만났다. 아이가 있는 것도, 주위 사람들이 어떻게 생각할지도 신경 쓰지 않았다. 말하자면 그냥 평범한 여자와 남자로서 연애했다.

다른 연인들처럼 늦은 연락에 화를 내고 작은 선물에 기뻐했다. 나는 더 이상 스스로를 결혼에 실패한 사람으로 규정 짓지 않았다. 살면서 하는 수많은 실패 중 하나였을 뿐이다. 이제 더 이상 엄마나 이혼한 사람이 아닌, 그냥 '인간'으로 나 자신을 인식할 수 있었다. 어떤 일도 '나'라는 사람 자체를 망가뜨릴 수는 없었다. 내가 포기하지 않는 한, 나는 그대로 나였다.

헤어지기 전 한 달 정도 그는 잠수를 탔다.

"아무래도 부모님께 너를 소개할 수는 없을 것 같아."

마지막 문자로 그가 적은 말이다. 나는 더 이상 연락하지 않았다. 그는 떠났지만 내게는 자존감이 남았다. 석 달 정도 지난 후 다시 그의 문자가 도착했다. 청첩장이었다. 물론 답장하지는 않았지만 나는 진심으로 그의 행복을 빌어주었다.

그가 마마보이든 좋은 사람이든 그런 것은 문제 되지 않는다. 어쨌거나 그와 함께 6개월간의 시간을 보냈고, 실패한 연애로 결론이 났지만 그 과정에서 내가 얻은 것은 있었다. 나는 조금 더 성장했고, 내가 가진 장점과 매력들을 돌아보게 되었다. 나쁜 연애는 있지만 몹쓸 과거는 없다. 지나간 시간에서 얻은 것이 있으면 된 것이다.

남자와 여자는 친구가 될 수 있을까

넷플릭스에 〈100인, 인간을 말하다〉라는 다큐멘터리가 있다. 미국의 다양한 지역에 사는 사람을 성별, 인종별, 나이별로 다양하게 모아놓고 심리 실험을 하는 프로그램이다. 상대의 어떤 부분에 매력을 느끼는지, 업무 성과를 높이려면 칭찬과 비난 중 어떤 것을 사용하는 것이 좋은지, 첫인상이란 정말 중요한 것인지 등을 다양한 방식으로 실험한다.

가장 인상 깊었던 것은 '커플 매칭' 실험이었다. 실제 사귀고 있는 세 커플, 즉 세 명의 여자와 세 명의 남자가 실험 대상이다.

실험 참가자들은 한 명씩 불려 나온다. 6명의 사람에게 각각 한 가지씩 질문할 수 있고, 그 답변을 참고해서 실제 커플일 것 같은 짝을 맞추면 된다. 6명의 실제 취향과 직업, 이름은 사전에 알려준다. 100명의 참가자 중 정답을 말한 사람은 단 한 명이었다.

대부분의 참가자들은 남자와 여자를 매칭했다. 남남 커플과 남녀 커플, 여여 커플로 이뤄진 피실험자들은 참가자가 보는 앞에서 자리를 바꿔 정답을 보여주었고, 그때마다 실험 참가자들은 탄식을 내질렀다. 자신을 동성애자라고 밝힌 여성 실험자 역시 틀렸다. 그녀도 남자 한 명과 여자 한 명씩을 짝지었던 것이다. 내가 실험자 중 하나였다면 나 역시 99명 안에 들었을 것이다. 그 실험은 명망 높은 선승의 죽비처럼 내 등짝을 후려쳤다. 세상에는 다양한 종류의 사람이 존재한다. 내 눈에 보이지 않을 뿐 실재한다. 나는 다시 한번 내가 가진 선입견을 떠올려 보았다.

얼마 전 회사 휴게실에서 우연히 옆 테이블의 대화를 듣게 되었다. 삼십 대로 보이는 두 여성(편의상 A, B라고 하겠다)이 소리를 낮춰 말하기 시작한 것인데, 중간쯤부터는 옆에 앉은 내가 똑똑히 알아들을 정도까지 데시벨이 올라갔다. 함께 근무하는 부서의 남자와 여자가 신경에 거슬리기 시작한 것이 원인이었다. 둘다 사십 대였고 각자 가정이 있었다. 그러나 사무실에서 두 사람의 모습은 마치 선을 넘은 사람들 같더란다. 둘이서만 식사를 했고, 바람을 쐬러 다녔으며, 이야기를 속닥거렸다.

"그래도 불륜은 아니겠죠?"

A가 물었다.

"그거야 모르지. 그런데 정말 거슬리지 않아? 둘이 오피스 와이프, 허즈밴드 뭐 그런 거잖아. 집에서 알면 얼마나 놀라겠어? 어우 징그러워."

B가 고개까지 휘휘 저으며 대답했다. 내가 다 놀라서 주위를 두리번거릴 만큼 큰 목소리였다.

"아니, 그냥 친구 같은 거면 뭐."

A는 말끝을 흐렸다. 깔끔하게 마음 정리는 안 된 말투였다.

"꼭 몸을 섞어야 바람이야? 플라토닉 러브도 러브라고. 걔 와이프가 알아봐, 얼마나 속상하겠어? 그리고 남녀 사이에 친구는 무슨…."

이야기 속 그의 와이프가 얼마나 속상할지는 누구도 모른다. 그녀도 이미 정신적 교감을 나눌 누군가가 있어서 남편의 상태를 매우 반길 수도 있고, 혹은 몸서리치며 싫어할 수도 있다. 결과는 아무도 모른다.

내가 그들의 대화를 듣고 정리한 결과는 '불륜은 배우자가 있는 사람들이 몸을 섞는 일'이라는 것이다. A는 사십 대의 거슬리는 두 남녀가 '섹스를 하지만 않았다면 괜찮은 것이 아니냐'는 속내를 품고 있었다. 그러나 B는 '섹스를 하면 안 되는 것'은 말할 것도 없고 '징신직인 친밀감도 나누면 안 된다'는 주장을 하고 있었다. 불륜 커플의 행태를 내 눈으로 직접 본 것은 아니기 때문에 얼마나 제3자에게 거슬림을 줬는지는 알 수 없다. 그러나 사무실의 누군가가 따로 시간을 내 대화를 나눌 정도면 적어도 그 부서의 열에 아홉은 두 사람 사이를 알고 있을 것이란 짐작은 가능하다.

그런데 과연 그녀들의 주장은 맞는 것일까? 정신적인 교감을 나누는 것 정도도 비난받을 일일까? 나와 함께 근무하는 남자들은 자신들끼리 눈 신호 및 수신호를 나눈 뒤 담뱃갑을 들고 옥상으로 사라지곤 한다. 하루에도 몇 번씩 일어나는 일이다. 남자들끼리(혹은 여자들끼리) 교감을 나누는 것은 괜찮고, 남녀가 함께 개방된 공간에서 시간을 보내는 것은 안 되는 것일까? 남자와 여자는 친구가 될 수 없는 것일까?

결혼이란 '두 사람은 평생 가장 가까운 친구가 될 것이니 너희들도 똑똑히 알아두어라'라고 아는 사람들에게 선포하는 자리다. 결혼한 사람들은 자기들끼리만 여행을 가고, 밤을 보내고, 주말에 시간을 갖는다. 남들과 함께 있다고 해도 둘은 세트로 다

뤄진다. 결혼한 친구의 얼굴을 따로 보기는 힘들다. 연락을 할 때도 몇 번은 더 고민하게 되고 연락하지 않는 경우도 많다. 결혼 전엔 아침 해를 같이 보며 귀가하던 친구라도 일단 결혼하고 나면 배우자와 약속한 시간까지 들어가려고 노력한다. 가정의 평화는 소중하니까.

이렇게 돈과 시간까지 들여 선포했는데 말귀를 알아듣지 못하면 곤란하다. 모르는 사람과 바람이 난 경우보다 친구 배우자와 부적절한 관계가 되었을 때 더욱더 비난받는 이유다. 하지만 부적절한 관계가 무엇인지는 의견이 갈리는 듯하다. 덕분에 '남자와 여자는 친구가 될 수 있는가'라는 오래된 물음까지 쓸데없이 불려 나온다. 과연 남녀는 친구가 될 수 있을까? 이제는 고전의 반열에 든 영화 〈해리가 샐리를 만났을 때〉처럼 남녀 간의 우정이란 과연 불가능한 것일까?

이성애자인 여자로서 말하자면 이야기가 잘 통하는 모든 남자와 자고 싶은 것은 아니다. 즉 나는 '여자와 남자는 경우에 따라서는 친구가 될 수 있다'고 믿는다. 그러나 또 한편으로는 '그렇게 단순한 문제는 아니지 않나'라는 생각도 들었다. 겉으로 봐서 이성애자인지 동성애자인지 혹은 양쪽을 넘나드는 취향을 가졌는지 내가 말하기 전에는 아무도 모른다. 그리고 그걸 굳이 알려줄 필요도 없다. B는 받아들이기 힘든 일일 수도 있겠으나 여자끼리 혹은 남자끼리 있다고 안심하기는 이르다는 말이다.

이런 생각을 하다 보면 자연스럽게 사람이란 '남자를 좋아하는 남자', '여자를 좋아하는 남자', '여자를 좋아하는 여자', '남자를 좋아하는 여자' 그리고 '배우자가 있는 사람'으로 나뉘는 것이 아닌가 싶다. 이 중 배우자가 있는 사람은 연애를 해도, 친구를 사귀어도 곤란하다. 육체적 교감이든 정신적 품앗이든 오직 배우자와만 나눠야 한다. 여자와 남자가 친구가 될 수 있는가의 문제가 아니고 '배우자가 있는 사람이 다른 인간적 관계를 가질 수 있는가'로 이야기의 방향을 잡아야 한다. 즉 '남자와 여자가 친구가 될 수 있는가'라는 질문은 애초에 틀렸다. 잘못된 질문은 헛된 대답을 낳는다.

우리는 지금도 한 뭉텅이의 편견을 부둥켜안은 채 세상을 바라보고 있다. 내가 가지고 있는 생각에 따라 세상이 돌아갈 리 만무하다. 이럴 때는 그저 '아, 그런가 보다'라고 가볍게 지나가는 것이 정신 건강에 이롭다. 직장 생활은 힘들다. 마음 맞는 상대를 찾는 것은 더욱 힘들다. 그리고 모든 달큰한 감정에는 유통기한이 있다. A와 B의 이야기 속 남녀가 만약 부적절한 관계를 유지하고 있다면 얼마 안 가 끝날 것이다.

4장

틈틈이 노는 것은 안 비밀

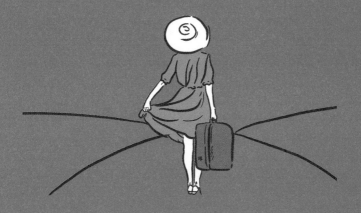

혼자 여행을 계획하는 당신에게

'여행하다'는 뜻의 Travel은 고문 도구였던 라틴어 Trepalium에서 유래되었다고 한다. 드레스 자락을 펄럭이는 주인공이 마차를 타고 떠나는 오래된 배경의 서양 영화를 보면 그 이유를 알 것 같기도 하다. 치렁치렁한 옷 한 개만 담아도 꽉 찰 것 같은 가방을 몇 개씩 마차에 욱여넣고, 콧김을 뿜는 불쌍한 말의 잔등을 내리치며 구불구불한 길을 달려가는 것이 여행이었다. 이마저 돈 있는 귀족들이나 하는 일이었고, 그들의 짐 옆에는 시종 한두 명 정도는 보너스로 끼어 있어야 했다.

기차에, 비행기도 생겼고, 돌돌 말면 한 손에 잡힐 정도의 간편한 옷을 가지게 된 지금도 여행은 만만한 일이 아니다. 혼자 여행하는 것쯤은 당연한 일처럼 말하고, 타인의 '혼자 여행 잘하고 있음'으로 판단되는 SNS 사진을 볼 때마다 작아지는 자신을 발견하게 된다. 구석기 시대 이래 존재하고 있는 사회적 DNA는 혼자 뭔가 하기를 망설이는데, 지금의 시대는 '혼자 DNA'를 발견하라고 종용한다.

지금도 누군가는 혼행을 계획하고 있을 것이다. '나도 혼자 여행했다'는 인증 샷을 남기고 싶기 때문일 수도 있고, 혼자 여행하는 것이 편하다고 판단했기 때문일 수도 있고, 도저히 다른 친구들과 시간을 맞출 수 없어 마지막까지 고민하다 내린 결정일 수도 있다.

결론부터 밝히자면 굳이 혼자 여행할 필요는 없다(안전 문제는 차치하고 경비 문제에서도 오히려 여럿이 가는 게 저렴하다). 하지만 한 번쯤 해보기로 결심했다면 오래된 나 홀로 여행자 입장에서 몇 가지 실용적 조언을 해주고 싶다.

우선 가깝고 치안 상태가 좋은 곳부터 시작하자. 홀로 하는 첫 여행이 유럽인 것은 나쁘지 않다. 혼밥을 고기 먹는 것으로 시작하는 사람도 드물지만 있다. 하지만 내가 꼭 그런 사람일 확률은 생각보다 적다. 홀로 하는 여행의 장점이자 단점은 내가 가고 싶은 곳만 간다는 것이다. 일정도 여유롭고 시간도 넉넉하다. 단미리 방문지를 정해오지 않으면 정해진 곳의 인증 샷을 못 남길확률이 많으니 그런 것이 필요한 사람은 사전 준비가 필요하다. 일단 떠나보니 영 아니다 싶으면 곧바로 돌아오기 위해서라도가까워야 한다.

대중교통을 이용하는 여행이라면 교통편 시간표 정도는 미리숙지해야 한다. 혼자 비 오는 날 2시간 동안 버스를 기다리거나히치 하이킹을 하는 것이 두렵지 않은 사람이라면 모르지만, 겁많은 나 같은 사람이라면 반드시 참고해주기 바란다.

먹고 싶은 것의 7할은 못 먹는다고 생각하자. 혼밥도 혼술도대도시에서나 가능한 일이다. 눈치를 주는 정도가 아니라 아예안 판다. 혼밥이 가능한 곳은 도시나 관광지 정도다. 얼마 전 제주 여행을 다녀왔는데 여행 일정은 각자 알아서 하다가 저녁 시간에 만나 방어회를 먹으러 간 적이 있다. 혼자서 방어 한 마리를 잡자면 비싸기도 하거니와 며칠은 족히 먹을 분량이 나온다. 유럽 여행 때도 핫도그를 우걱우걱하며 돌아다니다가 광장 시계탑 아래서 다른 사람들과 유명한 맥줏집을 찾아갔었다. 모이지않으면 제대로 된 식사는 어렵다.

분명 혼자 간 여행인데 누구와 모이는 것일까. 경제적인 사정이나 이런 '모이기'를 위해 혼행족들은 대개 게스트 하우스를 이용한다. 이런 곳에서 쭈뼛거리거나 눈치 보고 있어 봐야 본인만 손해다. 일상으로 돌아가면 절대 만나지 않을 사람처럼 먼저 말을 걸고 궁금한 점은 물어보는 일에 익숙해져야 한다. 입이 떨어지지 않는다면 기억하라. 어차피 돌아오면 안 볼 사람이다. 부끄러워 봐야 내 몫일 뿐 그들은 기억도 하지 못한다.

반드시 해외여행이어야 한다면 의사소통은 본인의 몫이다. 반드시 능숙한 기술이 필요한 것은 아니다. 오히려 보디랭귀지가 더 잘 통하기도 한다. 하지만 이런 것은 게스트 하우스에서 뒤풀이할 때나 유용할 뿐 여행지에서 길을 묻거나 현지 교통편을 구하는 것에는 그다지 도움이 되지 않는다. 특히 학생이라면 교통부터 극장 입장까지 그야말로 화려한 학생 할인이 준비되어 있다. 의사소통이 안 되면 마음고생만 늘어나니 괜히 핸드폰 앱만 믿고 무작정 떠나지 말자.

꼭 즐거울 것이라는 기대도 버리자. 여행은 계획할 때가 제일 즐겁다. 모르는 길을 찾고, 처음 먹어보는 식사를 하고, 낯선 곳에서 잠드는 일은 좋게 이야기해 봐야 긴장되는 일이다. 그러나 마음에 드는 풍경을 바라보며 '이제 그만 됐다'고 생각할 때까지 앉아 있고, 가이드 북에도 안 나와 있는, 그냥 길을 잃은 김에 걷다가 발견한 빵집에서 세상에서 가장 맛있는 빵을 맛보는 것은 혼자 하는 여행이 아니면 불가능하다. 모두가 빠져나간 게스트 하우스에서 나처럼 게으르게 남아 있다 마주친 여행자와 차 한 잔을 나누는 기회도 혼자가 아니면 불가능하다.

즉 나의 박자는 어떤 것이며, 내가 좋아하는 풍경은 어떤지, 무엇을 하며 시간을 보내는 것이 가장 마음이 편한지를 알 수 있는 기회는 혼자 하는 여행이 아니고서는 불가능하다.

많이 긴장되고 걱정된다면 준비를 좀 더 하면 된다. 인터넷에도 서점에도 여행 관련 정보는 차고 넘친다. 그렇게 해본 뒤에, 관광객처럼 풍경을 즐기는 여행보다 제대로 된 어떤 것에 갈증이 난다면 조금 더 대담하게 길을 나서게 될 것이다. 여정은 열린 결말로 열어둔 채 호기심을 친구 삼아 낯선 거리를 걷게 될 것이다.

의외로 박물관에서 행복해하는 나를 발견할 수도 있고, 낯선 곳에서 친구에게 편지를 쓰고 있는 자신을 발견하고 오글거림을 느낄 수도 있다. 모든 것이 떠나지 않으면 얻을 수 없는 것들이다. '아는 만큼 보이는 법'인지라 미리 알고 가는 것이 좋을 수도 있겠으나, '사랑하면 알게 되는 법'이기도 하다. 내 경험으로 말하자면 여수에서 진남관을 본 후 서울로 돌아와 한 학기 동안 건축 이야기 수업을 들은 경험이 있다. 덕분에 동서양 건축 양식에 대한 먼지만 한 지식이 쌓였다.

일 년 정도 남미 여행 중이던 후배와 통화를 하다 "거기 치안 상태는 어때? 돌아다닐 수 있어?"라고 물었던 적이 있다. 후배는 약 3초 동안 침묵한 후 대답했다. "누나, 여기도 사람 사는 데에요." 그렇다. 우리는 모두 그런 곳을 여행하고 있다.

심야식당에 가고 싶다

　여행 때문에 꽤 오래 집을 비우게 됐을 때, 가장 마음에 걸린 것은 칠순이 넘은 어머니였다. 내 이름을 만능 키처럼 부르며 운전을 하고 인터넷 뱅킹을 하고 온라인 쇼핑을 하는 신세대 할머니지만 말이다. 하던 일이 막힐 경우는 내 이름을 부르는 것을 임무 완수라고 여기신다. 그러니 내가 없으면 그야말로 필링 없는 마카롱이 될 터.

　포스트잇에 친구분들의 이름과 연락처를 정리해 드렸다. 자, '아플 때'는 이 녀석에게 전화를 하시고, '차가 말썽일 때'는 이놈에게 연락을 취하시고 기타 등등. 어머니는 귀찮으니 저장해놓으라며 핸드폰을 던져 주시며 말씀하셨다. 그 정도는 여기서도 도와줄 사람 많다고. 일가친척 하나 없이 사는 동네에도 믿는 구석이 있었다. 바로 10년 넘게 다닌 성당 식구들이다. 그동안 내 이름을 불렀던 이유는 성당 식구들보다는 그래도 내가 조금 더 만만했기 때문이었다. 여행길의 발걸음이 한 걸음 정도 가벼워졌다.

만화 〈심야식당〉의 마스터는 음식을 만들고 묵묵히 손님들의 이야기를 들어준다. '돼지고기 된장 정식'을 제외하면 메뉴도 없다. 다만 그것 말고도 대부분 만들 수 있다. 손님들은 자신이 원하는 음식을 주문하고, 그것에 얽힌 추억을 떠올리고, 이야기하고, 위로를 받는다.

마스터가 그들의 문제를 찾아다니며 고민을 해결해주는 것은 아니다. 손님들의 삶을 지켜보지도 않는다. 그는 항상 같은 자리, 비슷한 시간에 문을 열고 기다릴 뿐이다. 찾아오는 것은 전적으로 손님들의 의지다. 요컨대 마스터는 매우 헐렁한 공동체를 운영하고 있는 것이다. 그것도 의무는 거의 없는 공동체 말이다.

3년 정도 십여 가구가 사는 시골 마을에 산 적이 있다. 그야말로 '이웃집 숟가락 수가 몇 개인지도 안다'라고 말하는 그런 시골 말이다. 누구 집 차가 어떤 것인지 아는 것은 물론이고, 몇 시에 어떤 손님이 드나들었고, 무슨 택배가 왔으며, 마당의 빈 땅에는 무엇을 심을지 까지 온 동네가 알았고, 초인종을 누르고 찾아오는 법은 절대 없었다.

꽤 오랫동안 적응이 안 돼 애를 먹다가 결국 포기하는 것으로 결론을 지었다. 지금도 나는 귀촌이나 귀농의 꿈은 없다. 내 성질은 내가 안다. 도시에서 살아서 너무 당연하게 여겼던 익명성이나 개인성 같은 것들이 얼마나 중요한 것인지 새삼 깨달을 수 있었던 시간이었다. 나는 죽을 때까지 그것을 놓을 생각이 없다.

그런 점에서 보면 〈심야식당〉이 영화로, TV 시리즈로, 심지어 타국의 연속극으로까지 만들어진 성공의 이유를 짐작할 수 있다. 의식을 하건 못하건 간에 나처럼 느끼는 사람이 많아진 것이다. 자신의 삶이 구속받는 것은 참을 수 없지만 느슨하게나마 관계를 맺을 수 있는 공동체를 원하는 사람들이 생긴 것이다.

삶의 방식에 따라 정착하는 모양도 달라질 수밖에 없다. 토지에 얽혀 일가친척이 모여 사는 방식은 종료된 지 오래다. 이제는 노동력을 팔 수 있는 곳이라면 그곳이 어디든 정착지가 된다. 하지만 태어나면서 눈앞에 있던 사람들에게 당연하게 생겼던 친근감이 옮겨간 곳의 타인들을 바라보며 갑자기 생겨날 리는 없다. 시간을 두고 천천히, 적당한 거리를 두고 알아가는 공간이 필요하다. 〈심야식당〉은 그런 곳이다. 나와 같이 도시의 삶에 익숙한 사람들이 필요로 하는 딱 그만큼의 공간인 것이다. 시간을 두고 확신이 들었다면 더 나은 관계도 가능하다(〈심야식당〉에는 관계가 발전하는 에피소드도 꽤 나온다).

19세기 영국의 희대의 살인마 잭 더 리퍼의 연구자들은 그의 등장을 도시의 출현과 맞물려 설명한다. 익명성이 보장되지 못했다면 그런 종류의 연쇄살인은 일어나지 않는다는 것이다. 도시에서 살아가는 우리 역시 본능적으로 알고 있다. 의도한 타인의 접근이 얼마나 위험한 것인지를. 그렇기에 〈심야식당〉에서 항상 같은 자리에서 수동적으로 기다리는 마스터의 존재에 매력을 느낄 수밖에 없다. 게다가 그는 나의 추억을 소환해줄 정도로 음식 솜씨가 있고 내 이야기를 들어줄 정도로 마음이 깊다.

〈심야식당〉 시리즈를 보며 줄곧 궁금했던 점은 '과연 음식값을 얼마나 받았을까'였다. 메뉴에도 없는 음식을 만들어서 '원가의 두 배를 받았을까? 세 배면 적당할까?' 하며 궁금해졌다. 의무는 없는 느슨한 공동체를 운영할 수 있는 경비는 얼마 정도가 적당할까? 내 집 근처의 식당 주인이 얼마를 받는다면 나는 그곳에 출근 도장을 찍을 수 있을까? 이것만 정해진다면 내가 하나쯤 오픈해도 괜찮을 것 같은데, 과연 그 가격은?

슈퍼밴드를 보러 갔다

슈퍼밴드의 공연을 보러 갔다.

집을 나서기 전, 과거의 나에게 저주를 퍼부었다. 그날 최고 기온은 37.9도로 사람의 체온보다 높았다. 즉 보이는 모든 곳이 찜질방이란 소리다.

나는 JTBC에서 방송한 〈슈퍼밴드〉의 첫 방송부터 마지막 방송까지 한 회도 빠짐없이 시청한 애청자다. 운동 경기를 제외하면 실시간으로 기다렸던 유일한 프로그램이라 현장 초대가 있을때마다 시도했지만 모두 실패했다. 그렇지, 그런 몇천 분의 일

확률이 당첨될 리 없다.

그래서 내 돈 내고 공연을 보러 가게 된 것이다. 폭염 특보 중인 한반도에서!

〈미스 트롯〉을 열성적으로 본다는 회사 선배는 〈슈퍼밴드〉를 본다는 나에게 "그런 것 볼 나이는 지났는데"라는 말을 했었다. 생방송 시청을 위해 근무 스케줄을 바꾸기 위한 시도 중에 나온 말이다. 〈미스 트롯〉과 겹치는 시간은 아니었던지 선배는 떨떠름한 표정으로 근무를 바꿔줬다. 내게도 트로트에도 상당히 실례되는 말이라고 생각한다. 누구나 좋아하는 장르가 있다. 나이 먹는다고 그게 바뀌지는 않는다. 그 말에 궁금한 점이 있는 분은 부활의 기타리스트 김태원 씨에게 물어도 좋을 것 같다. 모름지기 취향이란 그렇게 잘 변하는 것이 아니다.

지하철역에서 공연장까지는 20여 분의 오르막길을 올라야 했다. 마을버스가 다니는 길이었지만 역 앞 정류장에는 이미 이백 미터쯤 탑승을 기다리는 사람들의 줄이 이어져 있어 '이 정도라면 걸어도'라는 역대 최고의 쓸모없는 결정을 내리고야 말았다.

언덕에 접어들며 땀은 뿜어져 나올 수 있는 모든 곳에서 흐르기 시작했고, 쩍쩍 달라붙는 머리는 이미 손 쓸 도리가 없었다. 유일한 위안은 왕복 2차선 길을 메우고 서 있다시피 한 차들을 훅훅 앞질러 나갔다는 점이었지만, 돌려 말하자면 차 안에 있는 사람들에게 '우와, 막혀서 서 있기는 하지만 저기 걸어가는 사람보다는 나아. 차 안엔 에어컨도 있다고'라는 기쁨을 준다는 말이기도 했다. 사람은 늘 다른 사람의 불행에서 위안을 얻곤 하니까.

그렇게 입성한 체육관에서 정수리로 곧장 쏟아지는 에어컨에 무한 감사를 느끼고 있을 때쯤 공연이 시작되었다.

합주가 끝나고 시작한 첫 팀은 루시. '오오, 루시'. 그렇다. 나는 루시의 팬이다. "꺄악! 아아악!" 루시여, 내 성대 따위 다 가져. 내가 이 체육관을 당신들을 환호하는 소리로 가득 채우겠어!

나는 경연 때 그들이 했던 모든 노래를 외우고 있는 숨은 광팬이다. 맛있는 음식은 그릇 바닥이 보이도록 먹어주는 것이 예의이고, 공연은 즐길 수 있는 만큼 느끼는 것이 매너다. 옆 사람 눈치 따위는 보지 말라고 불도 꺼주지 않는가.

백 퍼센트 타의로 〈프로듀스 101〉을 첫 방송부터 마지막 방송까지 본 사람으로 비교하자면, 아이돌이 되는 길은 어른과 아이들의 동행이고 밴드를 결성하는 일은 친구와의 만남이다. 아이돌이 되려는 아이들은 안무 선생님, 노래 선생님 등등에게 지도를 받고, 연습을 하고, 결과물을 검사받는다. 최근 프로그램에서 순위 논란으로 문제가 되었지만, 그런 매우 중대한 문제를 제외한다면 전체적인 포맷은 아이들의 재능을 선생님이 발굴해주는 모양새가 된다. 갑을 관계가 형성되면 어쨌거나 말발은 잘 먹힌다.

슈퍼밴드는 친구들과의 결합이다. 마음이 맞거나 상황이 맞는 사람들이 어울려 어떻게든 한 곡을 뽑아내야 한다. 갑들이 심사평을 하긴 하지만 백 퍼센트 책임을 져주지 않으니 당연히 무슨 말을 한들 그리 큰 무게도 없다. 하는 입장에서야 피가 말랐겠지만 시청자 입장에서야 '다음번엔 잔소리하지 못하게 확 잘해버리라고' 따위의 응원을 할 수 있다.

학교를 졸업한 후에는, 심지어 학교를 다니는 와중에도 선생님이 재능을 찾아주는 경우는 극히 드물다. 그러니 영화 소재로도 사용되는 것이 아니겠는가. 주인공의 재능을 알아보고 미래를 꽃피울 수 있게 헌신하는 선생님은 영화 안에만 옹기종기 모여 계신다.

현실적으로는 친구나 지인들에게 자극을 받고 질타를 당해가며 재능을 찾아갈 확률이 높다. 일단 해보고, 망하고, 다른 쪽으로 시도해보고, 또 잘못될 수도 있고를 반복하는 것이 인생이다. 어르신들이 '조상 복도 좋고 재물 복도 좋지만 뭐니 뭐니 해도 인복이 최고'라는 말을 괜히 하는 것이 아니다.

좋아하는 일을 하며 살아야 하는지, 잘하는 일을 하며 살아야 하는지 고민인가? 밥벌이를 위해서라면 잘하는 일을 하는 것이 맞다. 회사가 되었든 팬이 되었든 돈은 남이 주는 것인데, 잘하는 일을 해도 돈 벌기가 쉽지 않다. 그런데 심지어 좋아하는 일을 하면서 돈을 받겠다고? 쉽지 않은 일이다.

재미는 없지만 잘하는 일로 벌어야 상대적으로 수입이 괜찮다는 것을 아는 사람들이 그렇게 번 소중하고 곱디고운 돈을 '좋아하는 일'에 투자하는 것, 그것이 율로 아니던가.

인생에서 좋은 친구를 만나는 것은 이런 의미에서 중요하다. 자신이 발견한 재능이란 좋아하는 일이나 다름없다. 누군가 나에게 '그거 말고 이거'를 말했다면 심각하게 고려해 볼 일이다. 대개는 그 말이 맞기 때문이다.

어른의 음료, 커피와 콜라

나 스스로를 어른이라고 느낀 적이 없다. 결혼을 했고, 이혼도 했고, 내 아이가 무려 스무 살이 넘었건만, '아, 내가 어른이 되었구나'라고 느낀 적은 단언컨대 없다. 새로운 일을 마주하면 당황하고, 누군가 나 대신 결정해줬으면 싶은 순간도 여러 번이다. 아직도 심쿵할 때가 있고, 세게 얻어맞은 뒤통수가 얼얼한 적도 많다. 이만큼 살면 적어도 그냥 사는 일 정도는 잘할 줄 알았는데 어림없는 소리다.

유일하게 '이걸 내 맘대로 하다니 어른이 된 것인가'라고 느끼는 순간이 커피와 콜라를 마실 때다. 이 두 음료는 내 집에서 끊기는 법이 없다. 눈 뜨면 처음 하는 일이 커피 마시는 것이고, 귀가 후 먼저 하는 일이 콜라 원샷이다. 내 집에서 내가 그러고 있으니 뭐라고 할 사람도 없다. 기껏해야 딸이 자기도 좀 달라고 컵을 들고 다가오는 정도다.

사무실에서 일이 잘 안 풀리고 답답할 때 자판기에서 1,200원짜리 빨간 캔 콜라를 뽑아 반 정도 벌컥거리고 나면, 다음 단계로 진행할 방법이 보이기도 한다. 물론 이럴 때마다 어김없이 잔소리를 듣는다. 흥미로운 것은 나이에 따라 포인트가 다르다는 것이다.

어른들은 "건강에 안 좋은데 왜 그런 것을 마셔. 이걸 먹어"라며 차를 담은 컵을 내밀기도 한다. 몸에 안 좋은 것쯤은 나도 잘 안다. 그런데 차를 마시라는 건, 치즈가 왕창 든 돈가스를 먹고 있는데 산채 비빔밥이 좋다며 내미는 것과 같다. 번지수가 완전히 다르단 말이다.

덕분에 어른들 눈치를 피해 몰래 마시게 되는데, 젊은이들도 빠짐없이 한마디씩 던진다. "그런 것 자꾸 마시면 살쪄요." 집에서는 다이어트 콜라를 마신다고!

90세의 나이에도 현역으로 활동 중인 워런 버핏 옹은 지금도 체리 맛 코카콜라를 마신다. 그분은 엄청난 부자에 코카콜라 회사의 주식도 갖고 있고, 나는 통장을 스쳐 지날 뿐인 월급에 의지해서 사는 처지에 주식이 어떻게 생겼는지도 모르지만, 우리에겐 체리 맛 콜라를 좋아한다는 공통점이 있다. 말이 나와서 하는 말인데 왜 체리 맛 콜라는 우리나라에서는 팔지 않는 걸까.

맛있는 콜라를 마시기 위해 필요한 것은 오직 하나다. '차갑게 만드는 것' 그것이면 족하다.

이에 비해 커피는 손이 많이 간다. 하지만 "사랑하면 알게 되고 알면 보이나니 그때 보이는 것은 전과 같지 않다"라는 유명한 말도 있지 않던가.

10년 전쯤 지역에서 운영하는 두 달 과정의 바리스타 초급 교육을 들었다. 그중 한 주는 핸드 드립 맛보기 강의였다. 신세계였다. 영화 〈곡성〉의 대사로 표현한다면, '바리스타 선생은 미끼를 던진 것이고, 나는 그 미끼를 확 물어버린 것'이었다. 그다음으로 라떼, 아트, 핸드 드립, 심화과정, 로스팅 과정이 이어졌다.

커피를 볶는 로스팅은 그야말로 취향 저격이었다. 푸릇푸릇한 생두에 열을 가한 후 일정 시간이 지나 향기가 바뀌고, 터지는 소리가 들리고, 색이 변하고, 맛이 스며드는 걸 지켜보는 과정이 좋았다. 모든 과정을 끝내기까지 일 년이 넘게 걸렸다.

나는 샘플 로스터를 사서 커피를 볶기 시작했다. 부엌 가스 불 위에 올려놓고 손으로 핸들을 끊임없이 돌려야 하는 지루한 작업이다. 내부 온도를 알 수 없어서 수시로 온도계를 넣다 빼고, 불도 올렸다 내리기를 반복해야 한다. 생두를 감싸고 있던 막은 완성된 원두와 함께 쏟아져 나와 온 집 안을 날아다닌다. 그 과정을 40분쯤 하고 나면 300그램의 원두를 얻을 수 있다. 과정에 대한 사랑이 없다면 사 먹는 편이 백 번 싸다.

많은 경우 영업용 로스터는 가스를 이용하고, 영업장이 있어야 구매가 가능하다. 할 수 없이 동네에 자그마한 커피숍을 열었다. 일 년 반 정도 원 없이 원두를 볶고 커피를 팔았다. 마진을 남긴다는 생각도 없이 온갖 생두를 종류별로 구입해서 볶고 맛을 보았다.

지금도 뜨거워진 콩들이 단선음을 내며 터지는 소리를 기억한다. 열기 사이로 고소한 냄새가 퍼지고, 이 원두라면 어느 타이밍에서 꺼내야 할까 판단하느라 쉼 없이 킁킁거리던 시간 역시 또렷이 각인되어 있다. 온몸의 본능적인 감각들이 마음껏 충족되는 시간이었다.

지금은 아파트에 살고 있기도 하고 원 없이 해보기도 해서 더이상 로스팅을 하지는 않는다. 다만 샘플 로스터는 남겨두었다.

다시 가게를 내든 아파트를 떠나 커피를 볶을 만한 곳으로 이사를 가든 언젠가는 함께할 것이라는 확신이 있기 때문이다. 사람에게는 든 적이 없는 확신이 이 철 덩어리에는 보자마자 들었다. 가슴 아픈 일이다. 하지만 이런 나도 커피에 대한 사랑이 커피집을 여는 데까지 발전할 거라고 생각하지 못했었다. 어쩌다 보니 그렇게 되었을 뿐.

고 하일성 야구 해설 위원은 뻔하던 경기가 막판에 출렁이기 시작하면 이렇게 말했다.

"끝까지 가봐야 해요. 야구, 어떻게 될지 몰라요."

맞다. 야구 경기는 늘어져야 5~6시간이고, 인생은 그보다 엄청 길다.

특정한 목적만 가지고 노력한다면 그 일은 결과가 나온 곳에서 멈출 뿐 길게 이어지지 못한다. 하지만 가끔 좋아서 생각 없이 한 일이 나를 낯선 곳에 데려다 놓기도 한다. 인생이 어떻게 될지는 아무도 모른다. 이만큼 살아도 인생의 방향을 모르는 내가 걱정스럽기도 하지만 말이다.

신의 눈을 찌른 소년 〈에쿠우스〉

추석 연휴 내내 출근했다. 하루는 밤샘 야근을 했고, 퇴근 후 쪽잠을 자고 다섯 시간 동안 운전했다. 그다음 이틀은 오전 네 시 반 기상. 극장을 찾아가면서 조금 투덜거렸다.

"10분 인터미션에 두 시간 공연은 뭐람. 피곤한데 훅 몰아서 한 시간 사십 분 정도에 끝낼 수는 없는 걸까. 어차피 인터미션 때는 관객이 많아서 화장실조차 못 간단 말이지."

연극을 보기 위해 20분 전 입장해 의자 뒤에 기댄 채 살짝 기절 상태가 되었다. 평소 영화도 좋아하고 연극도 사랑하지만 꾸

준히 챙겨보지 못한다. 사는 것이 바쁘고, 공연하는 곳이 멀고, 개봉관 숫자가 적어 시간 맞추기가 어렵고 등등 핑계를 대자면 끝도 없다. 진득하게 계속하는 유일한 일은 회사에 다니는 것이다. 싫어하는 일을 가장 성실히 해내고 있다.

〈에쿠우스〉는 오래된 연극이다. 그간 몇 번이고 보러 가려고 했지만 그만두었다. 포스터를 볼 때면 그 엄근진(엄격 근엄 진지)한 분위기에 기가 빨린 것이다. '아, 이번엔 신나고 싶으니 다른 것', '이건 아무래도 골치 아플 것 같으니 쉬는 날일 때'를 외치며 미뤄두었다.

드디어 결심한 이유는 배우 류덕환 때문이다. 이 배우, 화면으로 보면 묘하게 다르다. 흔히 TV에 나오는 사람들을 두고 '실물이 낫다', '화면이 더 훌륭하다'라고 말하는데, 류덕환의 경우는 화면으로 보면 매력 자체가 반감되는 경우라고 생각한다. 손에 꼽을 정도의 영화를 제외하고 영화나 드라마에서는 연극에서 느낄 때와 영 다른 느낌을 받는다. 그러니 그가 나오는 연극이라면 꼭 봐야 한다. 잠이고 뭐고 내팽개치고 대학로로 뛰어나간 이유다. 하지만 시작을 알리는 신호에 눈을 뜨고서 불안해졌다. 피곤한 상태에 진지한 연극이라니. 조금 뒤의 내 상태를 걱정하지 않을 수가 없었다.

제목인 에쿠우스는 말의 라틴어 접두어 '에쿠'와 신이라는 뜻의 '데우스'라는 말이 합쳐져서 만들어진 합성어다. 즉 '말의 신' 혹은 '마신' 정도로 할 수 있겠다. 연극은 여섯 마리 말의 눈을 찌른 열일곱 살 소년을 구하기 위해 판사가 정신과 의사를 찾으며 시작된다.

류덕환은 나약하고 상처 입고 소심한 열일곱 살의 앨런을 완벽하게 연기한다. 무대 깊숙하게 자리한, 병실로 설정된 의자와 정신과 의사 다이사트와 만나는 진료실로 사용되는 원형의 무대를 앨런은 불안하게 팔랑거린다. 앨런을 만나기 전, 다이사트는 그저 그런 신경증 환자 하나를 치료하는 것이라고 가볍게 생각한다.

앨런을 만나 몇 마디를 나눈 밤, 다이사트는 꿈을 꾼다. 성공한 의사로, 남편으로 보이기 위해 감춰야만 했던 그의 속내가 낱낱이 드러나는 꿈이다. 흔들리는 다이사트의 마음처럼 내 마음도 요동치기 시작한다. 그런 불안하고 불길한 마음을 품은 채 앨런을 보면서 졸기는 힘들다. 여기에 가죽 팬티와 발굽 장화만 신은 훤칠한 말들이 무대 위에서 대열을 맞춘다. 춤이 아닌데 군무처럼 느껴질 정도인 말의 움직임은 1막과 2막 사이를 가르는 날선 칼과 같았다. 아, 인터미션, 그래서 인터미션이 필요했던 거야. 언제나 나는 너무 늦게 깨닫는다.

〈우리 아이가 달라졌어요〉와 〈세상에 나쁜 개는 없다〉는 아이를 키우는 사람과 개나 고양이를 보살피는 사람이 나온다는 점에서 차이가 있다. 그러나 아이든 개든 고양이든 문제를 일으키는 주원인이 양육자라는 점은 동일하다. 대략 99퍼센트는 보호자의 책임이고 1퍼센트 정도는 질병이 원인이다. 나를 포함한 부모들이 얼마나 바보 같은가 하면, 자신이 책임지는 생명에 문제가 있을 경우 그 1퍼센트 때문일 것이라고 생각한다는 점이다.

앨런의 어머니 역시 그렇다. 그녀의 어리석음은 다음과 같은 대사를 통해서 표현된다.

"우린 아무 잘못도 저지르지 않았어요. 우린 앨런을 사랑했어요. 최선을 다해 그 앨 사랑했다고요. … 그건 그 애가 저지른 일이니까요. 부모인 우리가 쌓아 올린 것들의 결과가 아니니까요."

과연 그럴까. 생의 시작부터 우리는 구속받는다. 누군가는 그것을 관습이라고 부르고, 어떤 사람은 예의범절이라 칭하기도 하지만, 신체와 정신 양쪽 모두 영향을 받는 것은 분명하다. 사회의 시선을 의식하고, 사회가 정상적이라고 만들어놓은 줄 안쪽에 서기 위해 자신의 즐거움이나 쾌락, 숭배하는 것 따위는 무시하게 된다. 앨런을 만난 다이사트가 갈등을 겪는 부분은 바로 그 지점이다. 그는 이렇게 말한다.

"열정이라는 것을 의사는 파괴할 수 있습니다. 하지만 열정을 창조할 수는 없습니다."

자유와 환희, 명랑함과 활기 같은 것을 포기하고 나면 나 같은 게으르고 성실한 회사원이 남는다. 그러니 앨런이 외치는 말이 마음에 남는 것은 당연하다.

"나도 카우보이면 좋겠어. 그들은 자유로워. 말을 한번 올라탔다 하면 끝없이 펼쳐진 대평원을 내달리는 거야. 카우보이는 모두 고아들일 거야. 틀림없어."

자유가 없다면 열정이 생겨날 틈은 없다. 열정이 없다면 인생은 어느 장면부터 봐도 똑같은 지루하고 낡은 드라마가 된다. 앨런이 사랑하는 말의 눈을 찌르면서까지 알려주려는 진실이 바로 이것이다. 사랑한다, 앨런.

5장

그럼에도 신나게 사는 중입니다

나이 먹을수록 탄탄해지는것

2016년 나의 최애 곡은 잔나비의 〈뜨거운 여름밤은 가고 남은 건 볼품없지만〉이었다. 최애라고 자신 있게 말하는 이유는 그해 핸드폰에서 쉴 새 없이 반복 재생되었기 때문이다. 모르긴 해도 그해에만 천 번은 족히 들었지 싶다. 딱히 계절을 타는 노래도 아닌지라 이후로도 종종 챙겨 듣는다.

며칠 전 노래를 들으며 식사 준비를 하고 있었다. 백 곡쯤 되는 재생 목록이 두서없이 튀어나왔고, 딸은 근처에 앉아 저녁 메뉴에 대한 훈수를 두고 있었다. 그래 봐야 있는 재료로만 만들 수 있으니 주는 대로 먹으라고 했지만 딸은 내 말을 무시한 채 원하는 저녁 목록을 줄지어 언급했다. "두부 없는 된장찌개는 아니지. 스파게티는 안돼? 김치가 송송 들어간 볶음밥은? 돼지고기 없는 볶음밥을 어떻게 먹어." 이런 식이다.

할 수 없이 딸의 염원 따위 무시하는 시크한 엄마를 연기하기 위해 질문은 한 개 걸러 한 개씩만 대답하며 대신 노래를 흥얼거렸다. 그러다 이 노래가 튀어나왔다. 흥얼거림을 멈추고 본격적으로 따라 부르기 시작했다.

4년쯤 들으면 굳이 가사를 들여다보지 않아도 부를 수 있다. 외국어도 아닌데 그게 뭐 그리 어렵다고. 솔직히 말하자면 가사를 시간 내서 들여다본 적도 없다.

중학교 2학년 수업 시간에 ⟨Yesterday⟩와 ⟨Let it be⟩를 번역하느라 진땀을 뺀 이후로 노래 가사는 쳐다보지도 않는다. 나 같은 사람을 위해 노래방에 가면 가사도 알아서 보여주지 않나. 그걸 떠나서 늘 귀에서 이어지던 노래다. 이 정도는 따라 부를 수 있다.

"눈이 부시던 그 순간들도 가슴 아픈 그대의 거친 말도⋯."

저녁 목록을 들이대던 딸이 순간 멈칫했다.

"뭐야, 그게? 거친 말이라니, 거짓말이야."

"헤어지는 거잖아. 헤어지는 마당에 거짓말을 왜 해? 거친 말 좀 오가고 그러는 거지."

"왜 이래, 엄마 때는 헤어질 때 욕하고 헤어졌어? 거짓말이라니까."

"헤어지는 마당에 욕은 왜 못 해. 머리끄덩이도 잡을 판에. 거짓말이 말이 돼?"

된다. 가사는 정확히 '그대의 거짓말'이었다. 같이 가사를 확인한 딸이 자비 넘치는 목소리로 내 어깨를 토닥이며 말했다.

"생각해보니 엄마 말도 맞긴 해. 거친 말 좀 오갈 수도 있지, 괜찮아."

괜찮긴, 이런 낭패가. 잘못 들은 것도 문제지만 어쩜 그리 막힘없고 찬란하게 변명을 늘어놨는지. 내가 한 말이지만 나도 속을 뻔했다.

하루는 딸과 마트에 갔다. 사고자 하는 품목은 정해져 있으나 마트라는 곳이 그렇게 쉽게 들어가서 쉬이 나올 수 있는 곳이던가. 괜스레 이곳저곳을 기웃거리며 새로 나온 것은 뭐가 없나, 추억의 상품은 없나 한가하게 돌아다니다 문득 눈에 들어오는 것이 있어 딸에게 달려갔다.

"저기 '궁금한 차'가 있어. 이름 멋지게 짓지 않았냐? 궁금한

차. 궁금하면 먹어보라는 의미겠지?"

초콜릿 코너에서 깊은 상념에 빠져 있던 딸은 내 말에 맞장구를 치는 대신 그 상품의 위치를 물었다.

"진짜야. 이름 한번 잘 지었어. 한번 사 먹어 볼까? 무슨 맛인지 궁금하잖아."

딸과 도착한 곳에서 확인했다. '궁중한차'였다. 딸은 내 손을 잡고 시도는 좋았다고 위로를 건넸다. 이번엔 진짜 같았다고. 나이 먹을수록 탄탄해지는 것은 변명과 자리 합리화뿐이다.

몸의 감각이라는 것이 얼마나 부실하고 자기중심적인지는 굳이 과학책을 들여다보지 않아도 경험으로 안다. 어스름이 몰려오는 시각, 골목 어귀의 쓰레기봉투가 움츠린 사람처럼 보이는 일은 다반사로 일어나고, 멀리서 다가오는 불빛이 고양이 눈처럼 보인 적도 많다. 문제는 그럴 때마다 내 감각을 의심하는 것이 아니라 그럴 수밖에 없는 이유에 대해 청산유수로 설명한다는 것이다.

아이를 키우면서 깨닫는 사실 중 하나는 거짓말은 배우는 것이 아니라 타고난다는 점이다. 누가 알려주지 않아도 아이들은 거짓말을 한다. 쓰러져 있는 밀가루 봉투에도, 동강 나 있는 장난감에도 아이들은 할 말이 있고 변명할 거리가 있다. 어른 입장에서 그 의도가 뻔히 보이는 것이 문제인 것이지, 아이 입장에서는 자신의 말이 완벽하고 그럴듯하다. 그리고 그런 타고남이 발전하면 나 같은 사람이 된다. 아, 이런.

특이한 것을 좋아하고, 유난한 것을 선호하는 내 취향을 고려할 때 이런 일은 앞으로도 쭉 일어날 것으로 예상된다. 비웃음 당하는 것은 딸에서 끝나야 할 텐데, 이런 내가 너무 걱정이다.

요즘 가장 집중하는 일

클라이밍에 관심이 있었다.

고소 공포증이 있어 스키장도 못 가는 내가 독야청청한 설악산 암벽을 타고 싶었던 것은 절대 아니고, 백운대 큰 바위에 발자국을 남기고 싶었던 것도 아니다. 평소 사용하지 않는 근육을 만들 수 있다는 말에 혹했을 뿐이다(늘 사용하는 근육조차 제대로 못 만들고 있다는 생각은 깜박했다). 일 년 이상을 클라이밍장 홈페이지를 들락거리며 할까 말까, 재미있을까 그렇지 않을까 고민만 했다.

그러다 한 달 치와 석 달 치가 그리 큰 차이가 없다는 말에 혹해 덜컥 석 달 분의 수강료를 입금했다. 그리고 서너 번 나간 후에 깨달았다. 내가 할 만한 운동이 아니라는 것을. 단체 강습이라 시간을 맞추기도 어려웠고, 함께하는 사람들과의 친밀감이 꽤 중요한 운동이었다. 게다가 주말이면 실제 암벽을 타러 나들이를 다녔다. 내가 원하던 그림이 아니었다. 세상에 공짜는 없는 법이고, 비싼 강습료를 내고 이렇게 또 하나를 배웠다.

나는 호기심 많은 성격이 아니다. 낯선 곳을 여행하는 일도 즐겁지 않다. 반복되는 일상에 새로운 것이 끼어들면 어김없이 당황하고 스텝이 꼬인다. 그러나 해보지 않으면 결과를 알 수 없다는 사실 또한 잘 안다. 호기심이 없어도 낯선 곳을 돌아다니는 것이 불편해도 해보지 않으면 그것이 내게 어떤 영향을 주는지 알 길이 없다.

덕분에 주저하게 되는 일도, 낯설어 무섭게 생각되는 일도 시도해보고 판단하며 여기까지 왔다. 내 방 침대가 최고라고 믿으면서도 시간이 날 때마다 가방을 싸고 기차를 타고 비행기를 탔다.

몇 해 전, 아르헨티나 여행 중 엘찰텐을 오르기 위해 중턱 산장에 짐을 풀었다. 가난한 여행자였지만 음식을 해 먹을 수 없는 숙소였던 탓에 비싼 산장 레스토랑을 예약해 두었다. 차도 아닌

말이 지고 올라와야 하는 식재료였으니 꽤 비쌌다. 그런데 막상 음식을 받고 당황했다. 닭다리 하나와 볶음밥이 담긴 접시 하나가 전부였는데, 볶음밥 안에는 한국인인 나조차 집어낼 수 없을 정도로 잘게 다진 고수가 엄청나게 섞여 있었다.

나로 말하자면 베트남 여행 전 '고수는 빼 주세요'를 먼저 외웠던 사람이다. 그런 내게 밥 반 고수 반의 접시는 악몽 그 자체였다. 내가 접시를 싹 비운 이유는 순전히 밥값 때문이었다. 평지의 게스트 하우스였다면 이틀 치 식재료를 살 수 있었던 돈을 먹지도 못 하고 날릴 수는 없었다.

지금은? 고수를 잘 먹는 사람으로 통한다. 향이 싫어서 입에 안 댔던 것이 문제였지, 실은 먹을 만했던 거다. 심지어 요즘은 쌀국수집에서 고수를 추가하는 만용을 부리기도 한다. 내 외식 리스트가 고수 향만큼 풍부해졌다.

지금껏 부산을 서너 번 방문했다. 모두 순수한 여행이었다. 대학생 때는 그곳이 '먼 도시'였기 때문이었고, 이후의 방문은 TV 속 먹방 때문이었다. 돼지 국밥은 맛있고, 밀면은 훌륭하며, 수산물은 신선하고, 길거리 호떡마저 맛있는 도시. 불에 익어가는 곰장어는 애달프지만 그 맛에는 엄지손가락을 치켜들 수밖에 없는 고장.

그러나 먹는 것에 관한 한, 지금까지의 내 부산 여행은 모두 실패였다. (부산 분들이 읽으신다면 죄송합니다. 그저 개인적인 경험이랍니다.) 하루 이틀 시도하다가 결국 배고픔을 못 이겨 체인으로 운영되는 음식점을 방문하거나 서둘러 집으로 돌아오는 차에 올라탔다.

다시 시도할 생각? 물론 있다. 부산은 큰 도시이고, 내가 먹어봐야 얼마나 다양한 곳에서 먹었겠는가. 나의 불찰과 불운을 탓하며 다시 시도해볼 가치는 충분히 있다고 생각한다. 하지만 지난 여행의 기억이 좋았느냐고 묻는다면, 누군가에게 여행지로 추천하겠냐고 묻는다면 대답은 다르다. 모두가 맛의 고장이라고 말해도 구석에서 조용히 아니라고 고개를 흔드는 내가 있는 것이다.

결국 중요한 것은 '내가 좋아하느냐 싫어하느냐'의 문제이다. 모두 다 만족하는 일과 그렇지 않은 일 같은 것은 아무 의미가 없다. 맛있는 밥집이 있을 뿐이지 옳은 밥집 같은 것은 존재하지 않는다. 맛은 주관적인 것일 뿐 객관화를 할 수도, 해봐야 의미도 없는 것 아닐까.

시도해본 일 중 좋아하는 것을 기억해 그것들로 매일의 시간을 채워가려고 노력하는 중이다. 싫은 일은 되도록 하지 않는다.

조금의 짬이 난다면 지금껏 해보지 않은 일 중 좋아할 만한 것을 시도해 본다. 가끔이지만 훌륭한 결과물을 얻을 때도 있다. 고수의 향기처럼 말이다.

무라카미 하루키의 소설《바람의 노래를 들어라》에는 가상의 소설가의 입을 빌어 말한 아래와 같은 구절이 나온다.

"문장을 쓴다는 작업은, 우선 자기와 자기를 둘러싼 사물과의 관계를 확인하는 것이다. 필요한 것은 감성이 아니라 잣대다."

필요한 것은 나만의 잣대다. 남이 던져준 자로 세상을 재단해 봐야 타인의 몸에 맞는 옷이 나올 뿐이다. 나에게 어울리는 것들을 고르고, 내가 좋아하는 일들로 내 하루를 채우는 일, 그 하루가 조금씩 쌓여 더 오랜 시간이 되는 일, 지금 내가 집중하는 일은 그것뿐이다.

술이 줄었다

술을 잘 마시는 편이었다.

술 자체도 좋아하고 술자리의 분위기도 소중하게 생각했었다. 스무 살 무렵부터 부어라 마셔라 하고 살았으니 제법 되는 세월을 술과 함께 지내왔다. 어느 저명인사가 인터뷰에서 '술과 담배, 골프'만 하지 않는다면 인생에서 시간은 충분하다고 말하던데, 아마도 그런 이유로 내 인생은 늘 바빴던 모양이다. 담배와 골프까지 했다면 시간이 부족해 미쳐 날뛰었을지도 모르겠다.

앞 문단을 보고 눈치챈 사람도 있겠지만, 과거형이다. '술을 잘 마시는 편이다'가 아니라 '술을 잘 마시는 편이었던' 거다. 그 말에는 슬프게도 이제는 그렇지 못하다는 큰 뜻이 숨어 있다.

일단 '술을 잘 마신다'의 의미부터 살펴볼 필요가 있다. 주량을 내기하듯 말하는 사회에서 술을 잘 마신다는 칭호를 얻으려면, 일단 술자리에서 살아남아야 한다. 남보다 훨씬 많은 양을 마셨더라도 결국 테이블에 쓰러져 잠이 들거나, 엉뚱한 주사로 모두를 곤란하게 만들면 안 된다. 양해 가능한 범위의 주사를 부리고, 납득되는 행동 정도의 객기(그래 봐야 모두 취한 상태이니 기준이 모호하긴 하다)를 시전하다 무사히 귀가해야 '술꾼'의 칭호를 얻을 수 있다. 아, 술값 계산도 어느 정도 해야 한다. 여기까지다.

처음 술을 시작했을 때는 술판이 끝나고 난 뒤에 관해서는 신경 쓰지 않았다. 일단 집에 무사히 귀환했고, 심지어 세수까지 하고 잤다면 성공적이라고 자화자찬했다. 그런데 점점 그것만이 아니라는 것을 눈치채기 시작했다.

다음 날이 힘들어지는 횟수가 많아지면 자연스럽게 몸을 사리게 된다. 술 깨는 약도 하루 이틀이고, 그것도 약국까지 찾아갈 기운이 남아 있을 때 이야기다. 완벽하게 압도당하면 침대와 화장실 사이를 무한 반복하며 눈 뜨고 하루가 날아가 버리는 경험을 하게 된다. '무식하면 용감하다'라는 말은 이때 정확한 쓰임을 발휘한다. 술 마신 다음 날 어떻게 되는지 알게 되면 다음부터는 절대 용감해질 수 없다.

학생일 때야 수업을 빠져도 교수님의 C 뿌리기 정도로 방어할 수 있지만, 직장 생활에서 자비란 존재하지 않는 법이다. 만취 후 다음 날, 말 그대로 폭풍우의 유람선 갑판에 앉은 배 속으로 거울에 비친 퉁퉁 부은 얼굴을 바라보면 이제는 술을 끊겠다는 의미 없는 다짐을 하게 된다. 이런 일이 반복되면, 즉 나의 무식함이 경험에 의해 하나하나 채워지면 자연스럽게 술이 줄어들게 되는 것이다.

물론 지금도 술을 마신다. 그러나 부어라 마셔라 하지는 않는다. 내일이 없다는 듯 쿨하게 분위기를 즐기지도 못한다. 적당히 기분이 개선되고 내 분위기가 올라가는 정도면 충분하다. 회를 먹을 때, 고기를 씹을 때, 매우 더운 여름날 조금씩 흘려 넣는 것으로 만족한다는 말이다.

말하다 보니 연애도(사랑이라고 말하지 않았다!) 그랬다.

모르면 온몸을 던진다. 있는 마음, 없는 돈 다 끌어 쓰고 삭제된 시간만 남는다. 물론 처음부터 이런 마음으로 시작하는 사람은 없다. 그 사람이 좋고, 그(혹은 그녀)와 함께 있는 분위기가 달달해서 그다음을 상상하지 못한다. 그러나 계절이 흐르듯 여름이 가고 겨울이 오면, 햄 볶던 시간이 지나고 어느 쪽이건 식어 가는 시간이 오며 알게 된다. 모든 일에는 감당해야 할 내일이 있다는 것을 말이다.

 몇 번만 반복하면 무지한 상태에서도 새로운 지혜를 축적하게 된다. 모든 연애에는 끝이 있다는 것을. 그것이 결혼이든 이별이든 상관없다. 연애 자체는 유통 기간이 있고, 그 끝에는 항상 겨울의 바람이 한 번은 불고 지나간다.

망신과 범죄 사이

술 이야기를 시작한 김에 하나 더!

몇 년 전, 오십 대의 남성 박사님이 대중 강연 중에 '이야기를 나누고 있던 상대 여자분의 나이를 문득 물었는데 너무 어려서 깜짝 놀란 적이 있다. 그 후에는 조심해야겠다고 생각한다'라는 취지의 말을 한 적이 있다.

그 말을 들을 당시에는 일 퍼센트도 동감하지 못했다. '어리다' 와 '조심해야지'가 어떤 의식의 흐름이 지나면 닿는 맥락인지 이해가 안 된 것이다. 너무 동감을 못 한 나머지 그 문장 자체가 뇌

리에 박힐 정도였다. '어린 사람을 만났는데 왜 조심을 해야 하는가'가 화두처럼 들어앉았다.

며칠 전 속칭 '달렸다'.

적당히 자제하며 음주를 하는 나이가 되었음에도 불구하고 어설픈 인간인지라 가끔은 본심과는 다르게 퍼마시고 있는 자신을 발견할 때가 있다. 그날이 딱 그런 날이었다. 필름이 끊기거나 할 정도로 먹는 법은 이제 없다. 이 나이까지 그러다가는 객사당할 확률이 높아진다.

대학교 3학년 등굣길 신촌 한복판에서 버스가 달리는 길에 대자로 누워 있는 남자를 본 이후로 필름이 끊길 때까지 마시지는 않게 되었다. 도로를 청소하시는 분이 열 일을 제치고 그를 깨워 인도로 데려가려고 했지만, 그는 질질 끌려가다가도 기어이 대로변 찻길 정확히 그 자리로 되돌아오곤 했다. 신호가 세 번 바뀔 때까지(차로 하나를 차지하고 누워 있었기 때문에 뒤로 차가 엄청 막혀 있었다) 차장 밖으로 그걸 지켜본 이후로 나는 굳게 다짐했다. 상상하고 있는 죽음의 상태 중 술 마시고 객사는 없다는 것이다. 이건 자존심의 문제다. 지금 내가 과음의 기준을 삼는 지점은 하나다. 귀가 후 뭔가를 먹었으면 만취한 것이다.

문제의 술자리 다음 날, 식탁 테이블에는 말끔히 비운 사발면 그릇 하나가 놓여 있었다. 어제의 패배를 인정하고 씁쓸히 뒤돌아 침대로 돌아와 앉았을 때 문득 떠올랐다. 떨리는 손으로 전화기를 뒤지고, 가슴을 쓸어내리고, 방 귀퉁이에 주저앉아 반성하기 시작했다.

새벽 1시쯤, 마지막 6차에서 친구가 자리를 비운 사이 왜 갑자기 생뚱맞게 얼마 전 후배와 함께 만난 그의 친구가 생각났는지는 알 수가 없다. 추정하건대 며칠 전 화기애애한 분위기에서 여러 명과 함께 점심을 먹었고, 통화를 했으며, 언제 한번 술 한잔하자고 약속했기 때문일 것이다. '언제 한번 술 한잔'이란 말이 '안녕히 계세요'의 동의어라는 것을 안 취한 나는 알고 있었지만, 술 취해 흥이 제대로 붙은 나는 잊었던 모양이다.

이런 술버릇을 모를 리 없는 나는 "지안 씨가 여기 있는데 경찰서로 당장 데리러 와 주세요"라고 했을 때, 짜증을 내며 뛰어나올 수 있는 인간만 카톡 친구에 놔두고, 나머지는 모두 숨김 친구로 해놓고 있다.

그런데 술과 흥에 취한 내가 그를 숨김에서 끄집어내서 친구 목록에 불러놓은 것이다. 안 자고 있으면 나와서 저번에 먹기로 한 술을 먹자고 할 심산이었겠지. 술판은 자고로 끝없이 이어져야 제맛 아닌가. 마침 친구도 슬슬 귀가하자고 해서 흥이 꺼지려는 시점이었다.

친구 목록으로 불러놓는 만행까지는 저질렀지만, 자정도 넘은 시간이라 주저하다 결국 그만두고 말았다. 이 사람도 출근해야 하니까 라는 말도 안 되는 결론으로 다행히 사고는 치지 않은 것이다.

'그 친구, 나보다 스무 살이나 어리다고! 비슷한 연배에게 술 마시고 이상한 문자를 보내면 망신 정도로 끝나지만, 스무 살이나 어린 남자에게 그런 짓을 하다간 범죄가 된다고! 그 사람이 출근하지 않고 앞으로 삼백 일 동안 동굴에만 있다고 해도 그에게 그런 걸 보냈다간 바로 범죄가 된다니깐! 쑥과 마늘 같은 것을 준다는 문자도 안 돼. 안 된다고, 이 사람아!'

바로 그때, 《무문관》의 깨우침처럼 화두 하나가 깨어지는 소리가 들렸다. '어리다'와 '조심해야지'가 이런 식으로 연결되는 것이구나. 박사님은 아주 옛날부터 그걸 알고 있었던 것이다. 아, 나는 언제쯤이나 이런 것을 모두 알고 살아갈 수 있을까. 이래서 내가 제일 걱정이다.

나는 가끔 눈물을 흘린다

눈물이 많은 편이라 드라마나 영화를 보면서 주르륵주르륵 잘도 울어댄다. 눈물샘을 자극할 기색이라도 보이는 작품이면 아예 휴지를 손에 쥔 채 관람을 시작한다. 극장 불이 다시 켜지기 전 눈물 자국 같은 것은 이미 처리한 후다. 이 나이에 울고 돌아다니면 치매로 오해받기 딱 좋다. 내게도 지켜야 할 것이 조금은 남아 있다.

〈어벤져스: 엔드게임〉을 개봉 첫날 조조로 보러 갔었다. 일찌감치 보고 싶은 이유도 있었지만, 스케줄을 맞추다 보니 이날이 아니면 몇 주는 뒤로 미뤄야 할 것 같았다. 설마하니 평일 아침 7시부터 누가 영화를 보겠느냐는 여유로운 마음을 품고 도착한 극장에서 빈자리라고는 눈에 띄지 않는 객석을 보고 있자니 슬며시 소름이 돋았다.

대부분의 영화를 평일에 몰아 보는 취향 덕에 모르는 사람과 이웃해 앉은 것이 언제였나 기억을 더듬는 사이 주위의 대화가 귀에 들어왔다. 못 일어날 것이 뻔해서 게임을 하면서 밤을 새웠다는 사람이 많았고, 옆자리의 젊은이는 술을 마시다가 곧바로 달려왔는지 묵은 술 냄새를 풍기며 연신 물을 마셔대고 있었다.

영화 중반부쯤 객석 여기저기서 훌쩍이는 소리가 들렸다. 영화 시작 전, 혹시나 하는 마음에 휴지를 쥔 채 불이 꺼지기를 기다린 1인이긴 했었지만 도무지 어느 타이밍에서 눈물을 흘려야 하는지 가늠할 수가 없었다. 잘못 들은 건가? 내 자리에서만 놓친 뭔가 특별한 장면이 있었나? 옆자리 남성이 눈물을 참기 위한 마른기침을 할 때에야 뭔가 착오가 생겼다는 느낌이 들었다.

그날 밤, 드라마를 잘 보지 않는 딸과 함께 한 드라마를 봤다. 이전 줄거리에 관한 정보가 전혀 없이 여기저기 채널을 돌려대다 얻어걸린 드라마를 의미 없이 본 것이다. 대부분의 드라마 주제가 그렇듯 남녀 주인공이 애틋한 이별을 하고 있었다. 집안의 반대와 사회적 압력 어쩌고저쩌고를 들으며 하품이 나오려는 사이 옆에서 딸이 슬며시 휴지를 빼내는 소리가 들렸다. 우는 것이 창피해서 숨을 죽인 딸과 눈물의 이유를 찾지 못해 숨을 죽인 내가 한 공간에서 서로의 상태를 모르는 것처럼 화면만 주시하고 있었다. 노화성 안구건조증이라도 온 것인가, 감성도 피부처럼 노화가 시작되는 것인가 생각이 들자 문제가 심각하다는 생각이 들었다.

며칠 후 회사 생활의 어려움을 주제로 한 예전 드라마를 보았다. 세상에 없는 것 같은 외모의 남자 주인공은 회사에서 부당하고도 억울한 대접을 받고 있었다. 그의 표정이 어두워질 때마다 내 눈가에 눈물이 고였고, 급기야 곱디고운 남자 주인공이 눈물, 콧물을 흘리며 인간성 좋은 상사에게 억울함을 토로하기 시작했을 때, 두 주먹을 눈가에 대고 따라 울고 있는 나를 발견했다. 그랬다. 감성이 말라비틀어졌다기보다는 우는 포인트가 변한 것이다.

사랑 후에 이별이 오는 것은 공식이다. 길이의 차이가 있을 뿐 결국 그렇게 된다. 부모는 돌아가시고, 선생님은 은퇴하시며, 애인을 향한 내 마음은 식어가고, 친구는 이민을 간다. 그런 사정을 다 아는 내가 드라마에서 연인끼리 이별 좀 했다고 별 감흥이 일어날 리 없다.

게다가 그들의 연애라는 것도 애초에 내 감성을 자극하지 못한다. 세상에 그런 남자와 저런 여자는 존재하지 않는다. 한밤중에 집 앞에서 불러내도 풀 메이크업으로 나타나고, 자고 일어나 싱긋 웃는데 입 냄새 안 나는 사람을 본 적이 없다. 무엇보다 그들의 생김새가 이미 현실적이지 않다. 연애 횟수로는 별로 뒤지지 않는다고 생각하는데, 스스로가 저런 상태였던 적도 상대방이 그랬던 적도 없다. 현실은 영화나 드라마보다 훨씬 비루하다. 비루한 지금을 잊고 낭만적인 환상을 떠올리는 일은 현실적인 결과물이 쌓이기 전에나 가능하다. 내가 그 감성으로 되돌아가는 것은 이미 글러 먹었다는 뜻이다.

그런데 뭔가 억울한 것은 자꾸 쌓인다. 알코올성 치매로 의심받는 요즘에도 회사에서 당한 부당한 일은 먼지 한 톨만큼도 잊히지가 않는다. 길거리에서 마주친 사람이 의미 없이 한 무례한 짓에 느낀 분함도 꽤 오래간다. 친구가 노무사의 상담을 받고 있는 요즘, 매일매일이 내 일처럼 전전긍긍이다. 이만큼 살았으면 익숙해질 법도 한데 언제나 벌어지는 불합리한 상황에 뒤통수를 맞고 벌벌 떨게 된다. 도무지 익숙해지지 않는다.

그러다 보니 절대 현실에서 만날 수 없을 것 같은 남자 주인공이 심지어 인턴 생활의 차별을 토로할 때조차 순식간에 감정 이

입이 되어 버린다. 내가 당한 것처럼 가슴이 아프고 한스럽기 이를 데가 없다. 그러니 눈물이 흐를 수밖에. 그러니까 이제 내게 눈물은 이별이나 낭만의 아련함을 표현하는 방식이 아니라 당찮은 대접을 받은 사람에 대한 동감과 분노의 표현인 것이다.

문득 말라붙은 가지에 잎사귀 몇 장만 팔랑거리는 고목이 떠올랐다. 꽃이 필 기약 같은 것은 없다. 《마지막 잎새》의 주인공처럼 '저 잎이 떨어진다면…'을 주억거리며 잎사귀 개수만큼의 억울함을 간직한 채 가슴이 찢어지고 있는 나 말이다. 바닥엔 낭만의 흔적인 잎사귀들이 이미 떨어져 수북하다. 과연 나는 억울함 외에는 느끼지 못하는 인간이 되어 버렸는가. 분노만이 내게 자극을 준다는 말인가. 아, 이건 좀 아닌데. 이래저래 내가 제일 걱정이다.

6장

행복할 시간은 지금입니다

내 인생의 전성기

삼십 대 중반 즈음, 하루는 딸의 앨범을 정리하고 있었다. 시간 순서대로 찍은 사진들을 나열하다 보면 모르는 사이 아이의 얼굴이 조금씩 변했다는 사실을 깨닫게 된다. 얼굴형이며 눈매, 입 모양 등이 사뭇 달라진다. 지켜보고 있는 동안에는 느끼지 못하지만, 꽤 시간이 흐른 후 돌이켜 보면 '상당히 변했구나'라는 것을 실감하게 된다.

"예전부터 에들 얼굴은 열 번 변한다는 말이 있었어."

사진을 보며 놀라는 내게 어머니가 말했다.

"그러게. 사진을 꼼꼼하게 찍어놓으라고 한 이유가 있었네. 어때요? 나 어릴 때와 닮은 것 같아요? 난 사진이 없어서 알 수가 없잖아."

어머니가 다가앉으며 손녀의 사진을 유심히 바라보았다.

"아니야. 네가 더 예뻤어. 널 낳고 병원에 데려갔을 때 의사가 다 놀랐다니까."

내가 태어날 무렵 집안은 파산 상태였다. 어머니가 병원이 아닌 집에서 나를 낳기로 결정한 것은 자연주의적 출산을 옹호했기 때문도, 특별히 따르고 싶은 이상적인 견해가 있어서도 아니었다. 병원비가 없었을 뿐이다. 어머니는 씁쓸하게 당시의 일을 들려주었다.

"네 오빠를 낳아 봤으니 어떻게 되겠거니 했지. 그래서 병원은 가지 않았어."

둘째라 호기롭게 자가 출산을 하긴 했으나 예방주사까지 해결할 수는 없는 노릇이다. 몸을 움직일 수 있게 되자 어머니는 나를 안고 병원을 찾았다. 1월의 한파를 피하느라 꽁꽁 싸맨 것들을 풀자 의사가 환성을 질렀다. 의사는 아이가 너무 예쁘다며 칭찬을 했다.

"아기 때 예쁘면 커서는 평범해지잖아요."

자식이 예쁘다는 말에 기분 나쁠 부모는 없다. 잔뜩 으쓱해진 기분이었지만 내색하지 않으려 노력하며 어머니가 말했다. 의사는 아기의 얼굴에 시선을 둔 채 감탄하며 대답했다.

"아우, 아니에요. 크면서 얼굴이 바뀌기는 해도 언젠가는 제 미모가 나오는 법이에요. 나중에 보세요. 한창 때가 되면 활짝 필거라니까."

흐뭇한 웃음을 지으며 옛이야기를 전해주던 어머니가 한숨을 쉬며 물었다.

"의사가 분명히 그렇게 말했는데…. 도대체 넌 언제 예뻐질 거냐? 한창때가 아직도 안 된 거야?"

최고의 적은 가장 가까운 곳에 있는 법이다.

어머니의 말이 백 퍼센트 진실이라고 가정한다면, 나의 '한창 때'는 아직 오지 않았다. 내 기억이 미치는 동안 "예쁘다"라는 칭찬을 들어본 적은 단 한 번도 없기 때문이다. 의사가 사기를 친 것이거나 나의 한창때가 도래하지 않은 것이거나 둘 중 하나다. 세상에는 육억 사천 오백 가지 종류의 립 서비스가 존재한다는 것을 고려한다면 의사를 탓할 일도 아니다.

하지만 의문은 남는다. 한창 때란 언제를 말하는 것일까? 이십 대? 삼십 대? 성춘향이 이몽룡을 만나 미모를 발산한 나이는 열

여섯이었다. 지금으로 치면 무적의 중3 시기다. 소설 속 인간인 춘향에게 한창때란 열여섯이었음에 틀림없다. 내가 의문을 갖는 쪽은 살아 있는 사람들이다. 그들에게 과연 일괄적인 한창 때란 것이 존재할까?

돌아보면 내 이십 대는 형편없었다. 연애는 줄곧 실패 중이었는데, 만나도 어떻게 그런 이상한 인간들만을 만나는 것인지 기가 막혔다. 어떻게 살아야 할지, 취업의 문은 통과할 수 있을지 무엇 하나 자신이 없었다. 미래는 추운 아침 마스크 위에 쓴 안경처럼 뿌옇기만 했다. 힘차게 달려가는 타인을 바라보다 주저주저 한 발을 내딛지만, 그곳이 진창인지 단단한 땅인지 확신할 수 없었다. 딛기 전에 모르는 것이야 어쩔 수 없지만 움직이고 나서도 머뭇거리는 것은 곤란하다. 말하자면 나의 이십 대는 다른 이의 걸음에 조바심내면서 휘청거리고 방향 없이 움직이던 시기였다.

삼십 대에도 딱히 나아지진 않았다. 결혼하고 아이를 낳았다. 나는 부모가 되려면 일종의 자격시험을 치러야 한다고 믿는 사람이다. 준비가 안 된 상태에서 우왕좌왕하는 나 같은 부모 아래에서 온전히 고생하는 쪽은 아이다. '자격 미달 부모'였던 나는 이것이 좋다는 말에 귀가 팔랑거리고 저것을 해야 한다는 말에 몸이 움직였다. 아이가 좋아하는 것을 찾기보다는 남들이 모여 있는 곳을 좋아하게 만들려고 노력했다. 이건 아무리 태평하게 말해도 '폭력'이다.

회사에서는 훌륭했느냐고 묻는다면 그것도 아니다. 눈치껏 그저 그렇게 사는 회사원이었다. 육아에 바빠 친구들과는 멀어졌으며, 내가 좋아하는 일이 무엇인지도 잊고 살았다. 기억에 남는 앨범도, 공연도, 영화도, 여행지도 없다.

나에게 이삼십 대의 기억은 별로 없다. 기쁨이 없으면 추억도 없는 법이다. 추억이 없는 시간은 블랙홀로 빨려 들어간 빛처럼 아무 의미도 없어진다. 억울하지만 인생이란 그런 것이다.

남들이 걷는 방향을 보지 않고 내가 가고 싶은 길을 찾게 된 것은 사십이 넘은 후다. 세상이 말하는 이상적인 모델에 내가 전혀 맞지 않는 인간이라는 것을 깨닫고 난 이후다. 세상이 칭찬하는 일에 정작 나 자신은 기쁘지 않았다. 물론 기쁜 척은 할 수 있다. 그러나 마음 깊은 곳에서는 만족감도 행복감도 느껴지지 않았다. 사람마다 생김새가 다르듯 행복을 느끼는 방법과 크기도 각각 다르다. '척'하고 살고 있는 스스로를 인정하는 것이 어려울 뿐 일단 납득하고 나면 방법이 생긴다.

내가 원하는 것이 무엇인지, 어떤 일에 기뻐하고 고개를 돌리는 인간인지 알고 나서야 실패만 한 것 같던 지난 시간이 이해되었다. 이십 대에 실패했던 연애는 상대가 나빴기 때문만은 아니었다. 나라는 인간에 대해 스스로도 배려해주지 않는데 누가 날 이해하고 사랑하겠는가. 남들이 좋다는 일, 해야 한다고 하는 일만 무작정 좇고 있는 내가 행복할 리가 없다. 불행한 사람은 언제나 원인을 다른 곳에서 찾아낸다. 육아와 회사 생활이 힘들고 지치게만 느껴졌던 이유는 그것이었다. 늦게 배우는 인간이라지만 이건 늦어도 너무 늦다. 회한이 밀려온다.

많이 늦긴 했지만 나는 이제 살 만한 인간이 되었다. 그런 의미로 내 '한창때'는 아직 오지 않았다고 믿는다. 그날이 온다면 의사가 말한 한창때의 징후도 함께 와주었으면 좋겠다. 아직도 그런 일이 생길 것이라고 먼지 만한 희망을 품는 내가 걱정되기는 하지만 말이다.

나는 나, 너는 너

초등학교 때 스케이트를 탔다. 모든 것이 갖춰진 실내 스케이트장을 떠올리면 곤란하다. 당시 서울 인근에는 겨울바람이 불기 시작하면 추수가 끝난 논에 물을 채워 스케이트장으로 개방하는 곳이 많았다. 드넓은 여의도 공원 한 귀퉁이에도 스케이트장이 열렸다.

방학이 되면 아이들은 스케이트를 타기 위해 낡은 버스에 올랐다. 논 한가운데 자리한 스케이트장을 용케 찾아가 대충 발에 맞는 스케이트를 빌려 신고 울퉁불퉁 얼어 있는 얼음 위를 달렸다. 그때나 지금이나 운동 능력은 형편없어서 내 실력은 백 스텝을 타는 친구들 옆에서 넘어지지 않으려 애를 쓰며 겨우 앞으로 나가는 정도였다. 그럼에도 쫓아다녔던 이유는 친구들과 같이 놀려면 어쩔 수 없었기 때문이다. 추위를 견딜 수 없으면 모두의 주머니를 탈탈 털어 어묵을 사 먹었다. 어묵 하나만 사도 국물은 무한대로 퍼주던 그런 시절이었다.

어른이 되어 스키를 타야겠다고 마음먹은 이유도 같았다. 어느 스키장이 타기 편하고, 인근의 맛집은 어떻고, 야간 스키의 묘미는 뭐고 하는 말에 귀가 솔솔 따라갔다. 내 입장에서 운동이란 하는 것보다 보는 것이다. 그럼에도 몸을 움직인 이유는 남들도 다 하기 때문이었다.

사촌 오빠에게 연락을 했다. 겨울이면 스키장으로 사라져 연락이 두절되는 인간이었다. 여름이면 한강 어딘가에서 반드시 수상 스키나 그 비슷한 놀이를 하는 사람이기도 했다. 스키 타는 법을 알려달라는 말에 오빠는 말이 없었다. '스키를 배운다'는 말을 이해할 수 없어 대답하지 못했다는 것은 나중에 알았다. 오빠 입장에서 스키란 '장비를 갖추고 높은 곳에서 내려오는 행위' 그이상도 이하도 아니었다. 누군가에게 이렇게 가르쳐주고 저렇게 알려줄 일이 아니었던 것이다.

하지만 나는 이 집안의 막둥이다. 나를 울려야 친척들에게 좋은 소리를 들을 수 없다. 벌써 나의 고모이자 오빠의 엄마가 협박과 으름장도 시전해준 터였다. 그렇게 오빠와 나는 스키장으로 갔다.

오빠는 장비 빌리는 법과 리프트 타는 법을 간단하게 설명하고 초급자 코스로 나를 데려갔다. 오빠는 나쁜 사람이 아니다. 나이 차이는 꽤 나지만 친절하고 때마다 용돈도 챙겨주는 고마운 사람이다. 문제는 운동 신경 없는 초급자를 다뤄본 적이 한 번도 없다는 점이었다. 오빠는 달리고 싶으면 다리 모양을 이렇게, 멈추고 싶으면 이런 식으로 하라고 알려주었다. 그 외에 또 무슨 설명이 필요한지 짐작도 하지 못했다. 덕분에 내가 초급자 코스에서 넘어질 때마다 오빠는 진심으로 당황했다. 두 번 초급자 코스를 함께 내려온 후 오빠는 상급자 코스로 떠났다.

초급자 코스를 타기 위해서는 내려오는 시간의 몇 배를 기다려서 리프트를 타야 했다. 그래도 넘어지는 것보다는 지루한 편이 낫다. 게다가 내려올 때마다 실력이 조금씩 나아지고 있었기 때문에 슬슬 재미도 느껴졌다. 이제 초급자 코스는 시시하다는 마음이 생기며 거만한 걸음을 옮기게 된 것은 점심때 즈음이었다.

오빠는 기뻐했다. 기꺼이 나를 데리고 중급자 코스용 리프트에 올랐다. 자신이 처음 스키장을 찾았던 이야기며 그간 생겼던 에피소드를 말해주었다. 겨울이 되면 스키를 탈 생각에 온몸이 들썩이고, 스키장에 오면 초코바 같은 것으로 식사를 대체한다는 것을 그때 알았다. 스키만 타기에도 시간이 아까웠기 때문이다. 겨울이면 연락이 되지 않아 고모가 화를 내는 이유를 납득했다. 그렇게 재미있는 일을 하고 있는데 엄마의 전화 따위가 뭐 대수였을까. 잘 사귄다던 여자 친구와도 겨울 즈음이면 헤어지던 이유를 짐작할 수 있었다. 애인보다 스키가 좋다는데 참을 여자는 없다.

리프트에서 내렸을 때 뭔가가 잘못됐다는 느낌이 들었다. 다리가 후들거리기 시작했다. 거기까지는 참을 만했는데 문제는 숨도 쉴 수가 없었다. 코스의 종착점이 아득하게 보였다. 이제 됐으니 오빠 먼저 내려가서 상급자 코스로 돌아가라고 말했다. 목소리도 잘 나오지 않았다. 초급자 코스에서 했듯 혼자 연습하겠다고 말하자 오빠는 안심한 표정이 되어 곧 멀리 한 점으로 사라졌다. 나는 한참을 그곳에 서 있었다. 올라왔으니 내려가는 것밖에는 방법이 없었다. 다시 리프트를 타고 내려간다는 옵션은 떠오르지도 않았다. 눈앞이 까매지고 속이 울렁거렸다. 마음대로 움직이는 다리와 어지럼증이 합쳐져 그 코스의 절반은 굴러서, 나머지 반은 누운 채 내려왔다.

남들도 다 그렇게 넘어지면서 배우는 것이라고 한참 후에 나타난 오빠가 위로를 했다. 처음부터 잘하는 사람은 없다고 말이다. 내 운동 신경으로 처음부터 완벽하기를 바라는 것은 무리다. 남들이 두 번에 완성할 수 있는 기술이라면 나는 열 번쯤 반복하면 된다. 코스 정상에서 느꼈던 공포 덕에 즐거움은 이미 사라졌다. 이후로 두 번 더 스키장에 갔다. 그 정도면 상급자 코스에 가도 된다며 오빠는 몇 번이고 권유했지만 나는 듣지 않았다. 스키를 타는 일이 전혀 즐겁지 않았다.

며칠 후 사무실에서 만난 직원에게 슬쩍 말을 걸었다. 회사 스키 동아리에 가입하면서 내 휴가를 왕창 앗아간 후배였다.

"선배, 미안한데 밥은 스키 시즌 끝나고 살게요."

"밥 먹자는 소리가 아니고 궁금한 게 있어. 처음 중급자 코스 위에 섰을 때 무슨 생각이 들었어? 다리가 후들거리고 호흡이 어렵고 그렇지 않았어?"

"무슨 소리예요. 그건 고소 공포증 증상이잖아. 내가 처음 중급자 코스에 올라갔을 때는 가슴이 쫙 펴지면서 '자, 달려보자!' 이런 생각이 들었지. 물론 처음 내려오면서는 꽤 넘어지긴 했지만."

"자, 달려보자? 무섭거나 하지는 않고? 재미는 있고?"

"아래로 흰 눈길이 쫙 펼쳐지잖아. 가슴이 쫄깃해지면서 엔도 르핀이 확 돌지. 재미? 죽이지. 내가 괜히 밤새우고 스키 타러 다니겠어요?"

전문적 견해에서 내게 어떤 공포증이 있는지는 확인하지 못했지만 하나는 확실하게 깨달았다. 재미가 없다면 하지 말아야 한다. 내게 어떤 즐거움도 주지 못하는 행위는 아무 의미도 없거나 심하게 말하자면 나를 불행하게 만들 뿐이다. 이후로 스키장을 간 적은 없다. 친구들이 그곳에 모여 있다면 돌아와서 만나기로 했다. 나의 즐거움은 흙 위에 있었다.

살면서 '남들이 다 가서', '유명한 맛집이라', '그 계절에는 반드시 해야 하는 투 두 리스트(to do list)'라 쏟은 시간이 얼마나 될까. 그 시간에 내가 좋아하는 곳을 가고, 먹고 싶은 것을 먹고, 하고 싶은 일을 했다면 내 즐거움은 훨씬 커졌을 것이다. 남들이 좋아하는 일을 해봐야 남들만 즐거워질 뿐이다.

이제는 귀를 닫고 내 안을 돌아볼 시간이다. '파랑새는 내 집에 있었다'는 교훈을 굳이 떠올리지 않더라도 나의 행복을 느끼고 측정할 수 있는 사람은 나 자신뿐이다. 지금, 여기서 행복해지기. 지금 나에게 필요한 것은 그것이다.

내게도 선물이 필요해

스물넷에 돈을 벌기 시작한 이후 지금껏 내 힘으로 살아왔다. 나보다 훨씬 이른 시기에 일을 시작한 사람도 꽤 많겠지만 이 정도면 운이 좋은 편이라고 생각한다. 목돈이 뚝뚝 떨어지면 좋겠으나 그렇지 못한 이유로 매월 뻔한 돈을 이리저리 쪼개 쓰며 살고 있다. 그러다 보니 "여기부터 여기까지 다 주세요" 같은 드라마 속 장면은 꿈도 꾸지 못한 채 소심하게 마음속 계산기를 두드린다.

'다음 달에 큰돈 나갈 일이 있으니 이번 달 쇼핑은 시작도 하지

말아야 하고, 반년 후에 이사를 할 예정이니 어딘가에 돈을 좀 모아 놔야 하고, 어휴.'

다행인 것은 생활비가 그리 많이 드는 편은 아니라는 거다. 외식을 별로 좋아하지 않아 식사는 거의 집에서 해결한다. 정기적으로 다니는 운동 시설도 없고 집 앞 산책 정도가 성격에 맞는다. 특별한 취미 활동도 없고 필요한 것 중 저장 가능한 것들은 마트의 세일이 시작될 때 비축해 놓는다. 꼼꼼하게 비교하고 고르는 훌륭한 생활인의 면목은 전혀 갖추지 못했고, 그때그때 세일을 많이 하는 쪽으로, 눈길이 가는 방향으로 구매한다.

따져 보면 지출의 큰 부분은 책값과 가끔 만나는 지인들과의 술값 정도다. 저렴한(?) 취향을 가진 탓에 비싼 물건 때문에 마음을 다치거나 하는 일도 없다. 이름난 가방이나 옷에 관해서라면 타인이 들고, 입은 것도 알아보지 못할뿐더러 내가 소유하겠다는 마음도 없다. 얼핏 스치는 유명인의 모자나 신발, 옷들의 브랜드와 가격이 인터넷상에 퍼지는 것을 볼 때면 '아, 저런 것을 한눈에 알아보다니 정말 대단하다'는 마음으로 고개를 끄덕거릴 뿐이다.

물론 부의 측면에서 특별한 물건이 가진 의미를 알고는 있다. 수납공간이 작고 무거운 가방의 미덕이란 필요한 물건은 요청하기만 하면 가져다줄 누군가가 있다는 소리이며, 계절에 큰 영향을 받지 않는 핏 좋은 옷이란 냉난방 장치가 없는 곳에 머물 일은 없다는 사실을 반증한다. 행간을 읽어야 하는 것은 문장만이 아니다. 그럼에도 불구하고 사는 일이 바쁘다 보니 타인의 은근한 의도 같은 것에 마음 쓸 시간이 없어 나만의 기준에 따른 가성비를 유지하며 근근이 살아가고 있었다.

그런데 요즘 들어 구매 패턴에 변화가 생겼다. 엄청나지는 않고 조금 달라진 정도인데, 짧게 정리하자면 '향이 나는 것들에 대한 집착이 생겼다' 정도로 할 수 있다. 시작이 무엇이었는지는 기억나지 않지만 이것저것 향기 나는 것을 사들이는 일에 맛을 들였다.

세일 때 저장해두던 목록 중 목욕 용품도 큰 비중을 차지했었는데 어느 순간 구매를 멈췄다. 대신 직접 만져보고, 향을 확인하고 구입하기 시작했다. 그렇게 바디 워시를 바꾸고, 샴푸를 교체하고, 수전까지 교환했다. '이래저래 향이 섞이면 곤란하지 않은가' 했던 초기 단계를 지나 '오래 지속되는 것도 아니니 상관없지 않나' 하는 마음으로 접어들면서, 예를 들자면 망고 향이 나는 물로 커피 향 나는 거품과 사과 향 샴푸를 씻어내고 있는 것이다. 막상 사용하는 순간만 느껴질 뿐 옷을 걸치고 보면 별것도 아니지만, 그 짧은 시간 동안 호화로운 느낌을 받는 것에 행복해진다. 복숭아 향이 나는 섬유 탈취제는 덤이다.

갑자기 이러다 보니 주위 시선이 별로 곱지는 않다. 서점 간다고 나갔다가 샴푸 통을 몇 개씩 사 들고 신나서 들어오는 일이 반복되자 딸의 시선도 싸늘해졌다. 예전 기억이 나는 물건들을 쌓아둔다는 치매 노인을 바라보는 느낌이 그 시선에서 느껴진다. 하지만 뭐, 내 마음이지. 이 정도로 파산할 지경은 아니니 신경 꺼줬으면 좋겠다는 당당한 눈초리를 딸에게 쏘아주었다.

근본 없이 생긴 취향으로 인해 여러 가지 비용이 더 들기는 한다. 가격의 압박보다는 오히려 향을 고르는 시간적인 비용이 더 크다. 그러나 물건을 고르기 위해 방문한 매장에서 이것저것 시도하면서 느껴지는 향기조차 매력적이다. 치매의 징조 중의 하나가 '향기에 집착'하는 것이 아니라면 이 취향은 이대로 지속해도 괜찮을 것 같다. 덕분에 오늘도 나는 포도 향기가 나는 물로 샤워하고 출근했다.

한동안 소확행이라는 단어가 유행했는데 지금 내 상태를 그렇게 말할 수 있을지도 모르겠다. 이런 종류의 일로 행복해지는 시간이 얼마나 지속될지는 알 수 없지만 타인의 걱정 따위는 무시하고 누려보려고 하는 중이다.

쫄보의 작지만 소중한 행복

휴직이 시작되면서 부쩍 안부 인사를 받는 횟수가 늘었다. '잘 지내냐'는 평범한 말부터 '그러다 잘리는 것은 아니냐'는, 내 일이긴 하지만 내가 대답하기 쉽지 않은 대단히 광범위한 물음까지 있었다. 언제쯤 상황이 나아질 것 같느냐고 묻는 지인도 있었다. '내가 그걸 알면 여기서 이러고 있겠냐?'라는 말이 입술 근처까지 솟아올랐다 내려간다. 워워, 지금 내 걱정해주는 사람한테 할 소리는 아니다. 질문의 광활함에 비해 턱없이 협소한 대답을 대강 얼버무리고 나면 이어지는 질문은 거의 같다.

"그런데 지금 뭐 해?"

혹시 좌절하여 몸져누워 있거나 울면서 통장 잔고를 조사하고 있지는 않느냐는 물음이다. 걱정들이 많다.

"대강 살아."

갑자기 시작된 후 도무지 언제 끝날지도 모르는 요즘 상황 때문에 내가 깊은 고뇌에 쌓여 있다고 생각한다면, 날 너무 대충 본 것이다. 나라는 인간은 제대로 일이 닥치고도 한참 지나서야 상황 파악이 되는 사람이다. 좋게 말하면 '늦되는' 사람이고, 정직하게 말하자면 '멍청한' 사람이다. 이런 나라서 몇 번의 전화를 받고 나서야 요즘의 생활을 돌아보게 되었다.

회사가 긴축 모드에 돌입하면서 휴직과 감원이 이어지고 있다. 일의 절대량이 줄었기 때문에 취해진 조치인데, 줄어든 일을 할 인력보다 더 많은 직원을 쉬게 하는 바람에 결론적으로 남은 자들의 일거리는 늘어 버렸다. 3교대로 하던 일을 2교대로 틀어막고 있다. 오전 7시 반에 출근하면 오후 8시에 퇴근이다. 오후 8시에 출근하면 당연히 새벽 7시 반 퇴근. 오전, 오전, 오전이 겹칠 때도 있고, 야근, 야근, 야근이 연달아 붙어 있기도 한다.

덕분에 수면 패턴은 엉망이 되었다. 아무 때나 졸음이 쏟아지고, 두세 시간 후 돌연 잠에서 깨어난다. 그리고 곧 졸음. 호의라고는 조금도 없는 상대에게 신나게 두들겨 맞은 것 같은 몸으로 출퇴근 정체 중인 도로 위에 서서 '내가 뭘 하자고 이러고 있는 것인가' 하는 생각이 들자마자 다시 멍한 상태로 접어든다. 나의 현재 상태를 아주 긍정적으로 표현한다면, '얼빠진 상태'다.

그런 정신으로 퇴근을 해봐도 별로 뾰족한 수는 없다. 친구들과 웃고 마시고 떠들고, 사람이 북적이는 길을 걸었던 것이 언제였는지는 기억도 나지 않는다. 카톡으로 안부를 묻는 건조한 대화를 몇 개 나누고 나면, 끝을 알 수 없는 전염병의 터널이 더욱 짙게 느껴진다. 관중이 있거나 혹은 없거나 간신히 이어지던 야구 경기도 늦가을, 검을 뽑으며 끝나버렸다. 내가 응원하던 선수는 해외 진출을 노리고 있어 내년엔 얼굴도 보기 힘들어질 것 같다. 우울하다.

말하자면 일상의 행복이 십 퍼센트쯤 줄어버렸다. 정신이 멍해진 것까지 합하면 이십 퍼센트쯤 준 것도 같다. 그렇다고 매일을 마냥 불행해하며 살고 있느냐면 그렇지도 않다. 일단 이번 달 월급이 입금되었다. 휴직 상태가 아니기 때문이다. 한 달 후엔 휴직이다. 월급 통장에 커다란 구멍이 날 것이다. 정신이 없어서 멍한 것인지 걱정을 하느라 하얗게 된 것인지 알 수 없는 머리를 굴리다 다음 달 걱정은 다음 달의 나에게 맡기기로 했다. 지금까지 벌어진 일도 모두 예상 밖의 것이었다. 지금 어쭙잖게 머리를 굴린다고 알 수 있을 것 같지도 않다. 무식하면 용감하다가 이럴 때 써먹는 말인 것 같다. 다음 달의 나야, 힘 내주렴.

돌아온 식빵 여제가 활약하는 배구를 보는 재미도 쏠쏠하다. 열아홉 살 케이타의 탄력 넘치는 점프를 보는 맛도 제법이다. 상황이 괜찮았을 때 직관이라도 갔다면 좋았겠지만, 화면 속에서 보는 것만으로도 감지덕지다. 퇴근길 뻣뻣해진 뒷목을 잡고 막히는 도로를 뚫고 집에 도착하면 경기 막판이거나 재방송이 진행 중이다. 아직 끝나지 않은 코로나 시국임을 감안해 귀찮아 죽을 것 같지만 참고 겨우 샤워만 끝내고 TV 앞에 앉는다.

테이블 위에 놓인 알맞게 차가운 맥주 캔과 애정하는 신상 과자 한 봉지면 만족스럽다. 다음 날 아침엔 퉁퉁 부어오르겠지만, 마스크 아래 부기 정도는 나만 느낄 수 있다. 코로나 시대의 흔치 않은 장점이다. 핸드폰은 무음 설정. 공을 때리는 "빵" 소리에 맞춰 시원한 맥주를 꼴깍꼴깍 넘긴다. 김연경 선수가 잘하면 그것대로, 상대편이 잘하면 또 그 때문에 즐겁다. 응원도 하지 않으면서 화면을 주시하는 이유는 뭔가 평범한 일상으로 조금쯤 다가선 것 같기 때문이다. 물론 관중석은 텅텅 비었고, 악화되는 코로나 상황 덕분인지 선수들의 표정도 마냥 즐겁지는 않지만 활기찬 사람들이 뛰어다니는 것을 보는 일 그 자체만으로도 반갑다. 이렇게 하다 보면 한 걸음씩 제대로 된 일상으로 돌아갈 것 같은 기분이 스며든다.

그 외 시간에는 〈싱어게인〉의 지난 방송분을 찾아보고, 고고 펭귄의 오래전 음반을 반복해서 듣는다. 미국 드라마 〈데브스〉는 앉은 자리에서 8회를 몰아 봤다. 내 이상형 제이미 때문이다. 오십 년 인생에서 처음으로 이상형을 찾았다고, 제발 함께 봐 달라고 딸에게 애절하게 호소해봤지만 관심 끌기는 실패했다. 하긴, 자기 이상형 보기도 바쁜데 내 이상형을 봐줄 딸이 아니다. 나 혼자 좋아할 테다.

나처럼 적당히 쫄보인 사람들이 행복을 느끼는 방법은 의외로 소박하다. 범세계적이고 풀기 어려운 문제 때문에 골치를 썩기 보다는 눈앞의 작은 것들에 기대서 흥흥거리고 있다. 걱정하기 위해 태어난 세상은 아니니까 기댈 수 있는 것에 의지하면서 하루하루를 살아가는 중이다. 그러다 보면 이따금 작지만 소중한 행복 같은 것이 느껴진다.

"좀 풀리면 나와. 술 사줄게."

갖은 걱성 끝에 선화를 끊는 지인의 마지막 말이 고맙다. 그 말 잊지 마, 친구.

인생의 방향은 아무도 모른다

딸은 〈신서유기〉의 팬이다. 본 방송뿐만 아니라 가끔은 재방송까지 시청하고, 유튜브 채널도 빠짐없이 구독한다. 얼마 전에는 인터넷 방송 중 안주로 끓인 고추장찌개에 마음을 빼앗겼다. 검색을 하고 해당 방송분을 몇 번 돌려 보고 나더니 드디어 찌개를 끓이겠다는 결심을 실천에 옮겼다. 나는 '세상에서 가장 맛있는 밥은 남이 차려주는 밥이다'가 신조인 사람이다. 저런 결심은 언제나 환영이다.

느긋하게 전날 야구 한국 시리즈의 하이라이트를 보고 있는 사이 딸이 감자를 다듬는 소리가 들렸다. 고추장찌개란 재료가 무르도록 오래 끓여야 제맛이다. 오늘 제시간에 밥 먹기는 틀렸지만, 그래도 남이 차려준 밥상을 받는 쾌거를 이룰 수 있다면 조금의 배고픔쯤은 참을 수 있다. 하지만 20년 차 주부인 나의 예상과 달리 찌개가 완성되기까지는 그리 오래 걸리지 않았다. 15분 정도가 지나자 준비가 다 됐다는 말에 '설마' 하는 마음을 안고 식탁 앞에 앉았다.

나의 불안과 달리, 잠깐 끓인 고추장찌개는 대단히 맛이 있었다. 연거푸 숟가락을 가져가는 나를 딸이 흐뭇한 얼굴로 바라보았다. 음식을 만들었을 때의 기쁨이란 상대가 맛있게 먹어줄 때 최고조인 법이다. 딸은 내 반응을 살피느라 숟가락도 뜨지 않고 기다리다 말했다.

"엄마가 맛있게 먹어줘서 너무 기뻐."

"먹어 주는 것이 아니라 맛있어. 잘 끓였네."

"백 선생님 레시피를 피오가 따라 하고, 내가 그걸 보고 한 거야."

"근본이 어떻게 된 것인지야 모르겠지만, 자취하면서 만들 레시피가 하나 생겼군. 축하해."

딸은 내년에 독립할 예정이다. 친구와 함께 방을 빌려 자취를

한다고 한다. 어디에 정착하게 될지는 모른다. 아르바이트한 돈으로 생활할 수 있는 자취방을 검색하느라 인터넷상으로 서울 시내를 다 뒤지고 있는 중이다.

"내년에 이 찌개는 못 만들 것 같아. 재료가 많이 들어가거든."

딸이 국물을 호로록거리며 말했다. 아직 싱크대 위에 놓여 있는 양념 통을 보고 무슨 말인지 깨달았다. 국간장과 액젓은 자취생이 가지고 있기 어려운 아이템이라는 소리다.

"시작도 안 해본 사람이 뭘 그리 단정적으로 말해? 액젓 안 비싸. 작은 병도 있고. 그리고 국간장 저거 사실 진간장 채워놓은 거야. 네가 미역국 잘 안 먹어서 우리 집에 국간장 없어."

당황하는 딸에게 마저 한마디를 덧붙였다.

"누가 알아? 이것저것 사서 만들어보다가 너무 재미있어서 요리를 직업으로 삼게 될지. 사람 인생 어떻게 풀릴지 아무도 몰라."

자랑은 아니지만 내가 수학을 포기한 지는 꽤 오래됐다. 물론 대학 입학시험 때는 아름다운 점수를 받았다. 개념을 이해할 마음을 버리고 문제 유형을 외워버리면 대입 정도는 통과할 수 있다. 문제는 그다음이다. 개념을 이해할 마음을 버렸으니, 외운 것을 까먹는 것으로도 모자라 뭘 배웠는지도 잊어버리게 된다. 수포자의 길은 참으로 여러 갈래다.

그래서 지금 부서로 배치받았을 때는 꽤 당황했다. 이곳은 수 포자가 살아남을 수 없는 부서였다. 파운드와 킬로, 미터와 피트 를 눈 깜박임처럼 바꿔야 했다. 사인, 코사인, 탄젠트가 실생활 에 이용되고 있는 놀라운 광경도 목격했다. 업무와 관련된 모든 문장에는 숫자가 하나 이상 들어가 있었다. 수강할 과목은 선택 할 수 있지만, 회사의 부서 이동은 내 마음대로 안 된다. 내가 이 부서에서 20년 넘게 버틸 수 있던 이유는 오직 하나, 월급 때문 이다. 때로 돈은 그 어떤 힘보다 강하다.

회사에 가면 미래는 바뀌지 않을 것이라고 예견하는 사람들을 가끔 본다. 내년에도 그 자리에 있을 것이고 5년 후에도 사무실 에서 일할 것 같다고 말한다. 신입 사원이 들어오기 전에는 새로 운 사람을 만날 일도 없다. 한결같은 어항 안에서 느긋하게 헤엄 치는 사람들이고, 미래란 아직 오지 않은 과거라고 굳게 믿는 어 른들이다.

하지만 내 생각을 말하라면 미래란 아주 조금은 선택할 수 있 다고 믿는다. 슈퍼마켓 진열대 위의 액젓 하나를 집어 드느냐 마 느냐로 꽤 다른 방향으로 흘러가는 것이 인생이라고 생각한다. 거창하게 말하자면 액젓 하나를 집어 드는 것은 '요리하는 삶의 방식'을 택했다는 말이다. 고추장찌개에 한 번 사용되고 버려진 액젓이 아까워 그것을 사용할 수 있는 또 다른 레시피를 찾을 수 있는 것이 인간이다. 그 레시피에서 인생 최고의 요리 비법을 발견할 수도 있다. 해보지 않으면 알 수 없다. 말하자면 인생이란 조금 다른 시도들이 모여 이뤄지는 것이다. 나는 그런 자세를 유지하며 살아왔고, 내 딸도 그렇게 되기를 바란다.

"엄마 일한 지 얼마나 됐지?"

"25년."

"와우, 구구단도 헷갈리는 사람이 고생이 많았네."

인생이 어떻게 될지는 아무도 모른다. 단 매일이 똑같아서는 답이 없다. 하지 않은 것을 시도하고, 불안한 마음을 숨긴 채 새로운 길을 걸을 때에만 달라져 있는 나를 발견할 수 있다.

그나저나 고추장찌개는 너무 시간이 걸려서 안 끓였었는데 나도 한번 시도해 봐야겠다. 백종원 선생님 레시피가 어디 써 있더라….